U0093868

跟著 **超強三「步」曲**，
以「先試題後學習」的方法，
完整擺脫短期記憶，
達到深廣度兼具的質量黃金學習！

前言

　　語言的學習往往不是一蹴可及的。學習任何語言都需要下苦功，就像習武之人練功一樣，每一招一式都要勤加練習，然後才能心領神會，最後才能得心應手。很多人在學習英文的過程中異常辛苦，即使背過許多單字，卻常常在關鍵時刻派不上用場，那都是因為我們用錯了方法。

　　傳統背單字的方法大都是：「take 帶、take 帶、take 帶」。在心裡默唸幾次英文和中文，就以為可以把單字背起來，然而實際上這樣的方法不只事倍功半，還往往會誤導我們。舉例來說：「下次來的時候請帶著書。」在這句中文裡，出現了「帶」這個字，如果我們不明就裡，選擇了 take 這個字，那就大錯特錯了！

　　事實上，take、bring、carry 都有「帶」的意思，以說話人為中心的「來」必需要用 bring，以說話人為中心的「去」必需用 take，而 carry 不含方向，只表示拿、帶，所以答案應該是 bring。

　　由此可見，在背單字之前，應該要先理解單字真正的意思及使用的時機，才不會用錯了地方而貽笑大方。練功如果練錯了，就會走火入魔：語言如果學錯了，就會讓自己處在相當尷尬的處境，甚至履「試」不中。「必勝三『步』曲！一次破解所有易混淆英文單字」就是以此為出發點，透過三個關鍵步驟，加上精華易混淆單字，幫助讀者一一破關。這些單字看似簡單，卻是我們常過於輕忽的試題常客。透過考題、解析、片語，再重新一次小測驗的方法，相信能幫助讀者每次都勇奪高分。

　　本書所收錄的單字適合初級與中級程度者，或雖然背了很多單字卻不知如何運用的一般英語學習者。翻完這本秘笈，讀者將可以輕鬆應付大小考試，生活會話脫口而出，中英翻譯流暢自如！

使用說明

破關一「步」曲

精準分類高頻率考題單字，搭配試題突破盲點

本書精心挑選考題中常出現的近義單字，旨在幫助讀者節省時間，不浪費額外的精力記憶單字，在每個單元一次學會三個單字、三種用法！除此之外，內容編排皆採取「先試題後學習」的方法，先刺激大腦，抓出學習盲點，如此一來才能將後續的吸收強度最大化，不再只是背了又忘，不再望著考題選項不知所措！

破關二「步」曲

收錄超實用片語補充，完美銜接學習黃金時間

在關鍵題目解析之後，本書特別收錄三個核心單字的相關常用片語，並以前面說明作為方向，編寫延伸單字用法，旨在幫助讀者再次延伸學習觸角，加強三個主題單字彼此之間的差異點。如此一來，讀者除了能夠知悉個別單字的使用方式，還能一同記下其搭配字，提高得分機率！

破關三「步」曲

最終小試題測身手，精闢解析迎接完勝大結局

結束前面的二「步」曲後，每單元皆用兩個小測驗作為收尾，除了能夠作為前面說明的系統性統整之外，更能幫助讀者理解自己是不是真正吸收了三個主題單字的用法。在試題之後，本書更是編製貼心解析，將試題中的重點做完整說明，藉以提醒讀者單字的固定或特殊用法，歡呼擁抱每場高分！

目錄

Chepter1 人體動作篇

Chepter2一般動作篇

Chepter3 外觀情感篇

Chepter4 生活場景篇

Chepter5 事物形容篇

Chepter6 商業經營篇

Chepter7 國家社會篇

Chepter8 自然景象篇

Chepter9 消費飲食篇

Chapter 1
人體動作篇

Unit 1

★易混淆字——

take、bring、carry

take、bring、carry 都有「帶」的意思，但是

「你可以帶你的吉他來今晚的派對嗎？」

這句中文裡的「帶」該用哪一個字？

Could you _____ your guitar to the party tonight?

☐ ① take
☐ ② bring
☐ ③ carry

★單字大解密

單字	音標	中文解釋
take	[tek]	拿、帶
bring	[brɪŋ]	帶來
car·ry	[ˋkærɪ]	攜帶

Selet Your Answer and Go to Next Page ➡

Answer 解答

「你可以帶你的吉他來今晚的派對嗎？」這句中文裡的「帶」該用哪一個字？

答案：② bring

解說： 關鍵就在於「來」這個字，以說話人為中心的「來」必須用 bring，以說話人為中心的「去」必須用 take；而 carry 不含方向，只表示拿、帶。所以答案是 bring。

★片語大進級

① **to take one's hand** 牽某人的手

② **to bring a charge against** 向某人提出告訴

③ **to carry sth around** 將某物帶在身邊

Test 【隨堂小測驗】

①可以請你幫我背包包嗎？

Could you please _____ the bag for me?

②明天請帶我去機場。

Please _____ me to the airport tomorrow.

Unit 2

★易混淆字──

hear sb. V、
hear sb. Ving、
listen to sb.

Hear sb. V、hear sb. Ving、listen to sb. 都有「聽」的意思，但是

「我出門的時候，聽到有人在彈琴。」

這句中文裡的「聽到」該用哪一個字？

I _____ someone _____ the piano when I walked out of the door.

☐ ① heard / play

☐ ② heard / playing

☐ ③ listened to / playing

★單字大解密

單字	音標	中文解釋
hear	[hɪr]	聽見、聽說
lis·ten	[ˋlɪsn]	注意聽、聽從

Selet Your Answer and Go to Next Page ➜

Answer 解答

「我出門的時候,聽到有人在彈琴。」這句中文裡的「聽到」該用哪一個字?

答案:② heard/ playing

解說: 關鍵就在於「有人在彈鋼琴」,聽到「有人在彈鋼琴」就代表有人「正在彈」,此情境是動態的進行式,而這裡的「聽到」並不是刻意專注去傾聽,而是剛好聽到,所以使用 hear,後面加上進行式 playing;若 hear 後面接原型動詞,則不強調正在進行的動作;而 listen 則是「專注傾聽」,強調是持續聽的動作。

★ 片語大進級
① **to hear sb out** 聽(某人)説完
② **to listen to reason** 聽從勸告

Test 【隨堂小測驗】

① 兩邊的爭論觀點都需注意聽。

It's important to ＿＿＿ to both sides of the debate.

② 你有聽到大衛進門嗎?

Did you ＿＿＿ David come in?

隨堂小測驗解答

① listen。此句中有付細且仔細聽著方論述的意涵,因此使用 listen(代表偏聽的動作作,listen 後面通常接用 to 連用 listen to。

② hear。「進門」為一個瞬間間的動作作,並非連續發生的動作,因此 hear 後面接的動詞通常用動詞 come,而非使用 hear 後因為此句為詢問是否「聽到」,而非刻意專注地傾聽別人。

Unit 3

★易混淆字──

cry、scream、yell

cry、scream、yell 都有「叫」的意思，但是

「『滾出去！』她大吼。」

這句中文裡的「大吼」該用哪一個字？

"Just get out of here!" she _____.
- ☐ ① cried
- ☐ ② screamed
- ☐ ③ yelled

★單字大解密

單字	音標	中文解釋
cry	[kraɪ]	叫喊、叫賣
scream	[skrim]	尖叫、大哭
yell	[jɛl]	叫喊、吶喊

Selet Your Answer and Go to Next Page ➤

Answer 解答

「『滾出去！』她大吼。」這句中文裡的「大吼」該用哪一個字？

答案：③ yelled

解說：關鍵就在於「滾出去」，通常 yell 是指生氣、疼痛或興奮時的叫喊，yell out 常用於啦啦隊的吶喊歡呼，對著某人大喊為 yell at，本句是一種生氣的叫喊，故使用 yell；scream 則為聲音尖銳的尖叫，通常為看到驚悚事物時所發出的叫聲；cry 本意為「哭」，可指哭喊，也可指「喜極而泣」後的叫喊。

★片語大進級

① **to cry your eyes out** 嚎啕大哭

② **to scream your head off** 大聲叫喊

③ **to yell out** 向……喊叫

Test【隨堂小測驗】

① 他大叫道：「我們贏了！」

"We won!" he ______.

② 她看到桌上有隻蜘蛛，便驚叫起來。

She ______ when she saw a spider on her desk.

隨堂小測驗解答

① cried。得知「我們贏了！」，為一種喜極而泣地叫喊，故使用 cried。

② screamed。突然看到蜘蛛後產生恐懼，通常會發出尖銳的叫聲，故尖叫使用 screamed。

★易混淆字——

tremble、shake、shock

tremble、shake、shock 都有「搖動」的意思，但是

「車禍的消息震驚了他們一家人。」

這句中文裡的「震驚」該用哪一個字？

The news of the car accident _____ the family deeply.

☐ ① trembled

☐ ② shook

☐ ③ shocked

★單字大解密

單字	音標	中文解釋
trem·ble	[ˋtrɛmbl̩]	發抖、搖動
shake	[ʃek]	搖動、抖動
shock	[ʃɑk]	震動、震驚

Selet Your Answer and Go to Next Page ➡

Answer 解答

「車禍的消息震驚了他們一家人。」這句中文裡的「震驚」該用哪一個字？

答案：③ shocked

解說： 關鍵就在於「震驚」，shock 通常用於情緒上的驚動、震驚、驚嚇，而車禍的消息造成家人是心靈上的震撼；tremble 則為「發抖」，通常是人體或動物身體的發抖與顫抖；shake 則是「搖晃」的意思，比如將飲料「搖」均勻，或搖晃其他物品。

★片語大進級

① **to tremble to think** 擔心、害怕

② **to shake a leg** （叫人）快一點、把握時間

③ **a culture shock** 文化衝擊

Test 【隨堂小測驗】

① 她搖晃玩具製造聲響，為了吸引嬰兒的注意。

The woman is _____ the toy that makes noises to attract the baby's attention.

② 從泳池出來後，他冷得發抖。

He _____ with cold when he came out of the pool.

② **trembled**。因為題目要為「身體冷得發抖」，故使用 tremble 並以身體為主動的顫抖。

① **shaking**。此句為「搖晃」玩具，故使用 shake 才正確。又因此句的動作正在進行中，故字尾是 e 加 ing。

隨堂小測驗解答

018

Unit 5

★易混淆字──

put、set、lay

put、set、lay 都有「放」的意思，但是

「我放了些蘋果進冰箱裡。」

這句中文裡的「放」該用哪一個字？

I _____ some apples into the fridge.
☐ ① put
☐ ② set
☐ ③ laid

★單字大解密

單字	音標	中文解釋
put	[pʊt]	放、置
set	[ʃek]	放、豎立
lay	[le]	放、下蛋

Selet Your Answer and Go to Next Page ➡

Answer 解答

「我放了些蘋果進冰箱裡。」這句中文裡的「放」該用哪一個字?

答案:① put

解說: 通常「放」最常用的詞為 put,可用於絕大部分之場合,且可代替 set 與 lay,此句為放進冰箱,故使用 put,不適用 set 或 lay,因為 set 為較精心且有計畫的放置/安置,如 set the table 擺放餐具,或為「設立」,如 set an example 樹立榜樣;lay 主要為平放,小心放好。

★片語大進級

① **to put up with sth/ sb** 忍受

② **to set up** 誣陷、栽贓

③ **lay off** 解僱

Test 【隨堂小測驗】

① 這位馬拉松跑者創了世界紀錄。

The marathon runner _____ a new world record.

② 他小心翼翼的將嬰兒放在床上。

He _____ the baby carefully on the bed.

隨堂小測驗解答

① set。創世界紀錄的固定用法為 to set a world record,為立下新紀錄,故使用動詞 set「設立」。

② laid。此句為關于「小心謹慎地」將嬰兒「平放」於床上,故使用 lay 來表達小心的本質。

020

Unit 6

★易混淆字──

jump、
leap、bounce

jump、leap、bounce 都有「跳」的意思，但是

「球撞到街燈後彈了出去。」

這句中文裡的「彈」該用哪一個字？

The ball _____ off the street lamp.

□ ① jumped

□ ② leaped

□ ③ bounced

★單字大解密

單字	音標	中文解釋
jump	[dʒʌmp]	跳躍、跳過
leap	[lip]	跳躍、跳過
bounce	[baʊns]	彈跳、彈起

Selet Your Answer and Go to Next Page

Answer 解答

「球撞到街燈後彈跳了出去。」這句中文裡的「彈跳」該用哪一個字？

答案：③ bounced

解說： 關鍵在於「彈跳」。通常 jump 表示從地面上跳起來或跳往目的地。若為跳躍之意時，絕大部分可以與 leap 互換，差別在於 leap 更強調跳得高與遠、跳得輕快與優雅；而 bounce 則有碰到其他物品「反彈」之意，或是動作快速的「蹦蹦跳跳」。

★片語大進級

① **to jump out at sb** 使（某人）一下子注意到

② **to leap at sth** 迫不及待地接受

③ **to bounce sb into sth**

（通常指政治上）迫使某人做……（不願的事）

Test 【隨堂小測驗】

① 球打到牆上後，猛力的反彈回來。

The ball _____ back hard when it hit the wall.

② 經過好幾年的失業，她立刻接受了這份工作。

After years of unemployment, she _____ at the job.

① bounced。bounce 有「反彈」的意思，又因本句為過去式，故使用 bounced。

② leaped。to leap at sth 為「迫不及待地……立刻接受」的意思，而本句為過去式，故使用 leaped。

隨堂小測驗解答

022

Unit 7

★易混淆字——

hurt、injure、harm

hurt、injure、harm 都有「傷害」的意思,但是

「**這清潔劑會損害你的傢俱。**」

這句中文裡的「損害」該用哪一個字?

The detergent will _____ your furniture.

□ ① hurt

□ ② injure

□ ③ harm

★單字大解密

單字	音標	中文解釋
hurt	[hɝt]	(使)受傷、損害、疼痛
in·jure	[ˋɪndʒɚ]	傷害、損害
harm	[hɑrm]	傷害、危害

Selet Your Answer and Go to Next Page ➡

Answer 解答

「這清潔劑會損害你的傢俱。」這句中文裡的「損害」該用哪一個字？

答案：③ harm

解說： 關鍵在於「清潔劑」，harm 主要為不良行為／事物或污染物所造成的損害及危害，而清潔劑正是某種不良物，故使用 harm。hurt 泛指一般傷害，可以是感覺上或肉體上的傷害；injure 主要則是指事故中肉體上遭遇的傷害。

★片語大進級

① **to hurt sb's feelings** 傷害……的感情

② **to be badly injured** 受了重傷

③ **to do more harm than good** 利大於弊

Test 【隨堂小測驗】

① 這場車禍超可怕，但我朋友只受了輕傷。

The car crash was terrifying, but my friend was only slightly _____.

② 這場分手深深的傷害了她的心。

The break-up deeply _____ her feelings.

① hurt/ injured　車禍為事故的一種，因此可以使用 injure，而 hurt 也能表達適用於各種傷害中，又因朋友為輕傷方式，故答案為 injured 與 hurt。

② hurt　此句為「傷懷」，上句傷懷，而 hurt 可運用於感覺上的受傷。

隨堂小測驗解答

Unit 8

★易混淆字──

look、gaze、stare

look (at)、gaze (at)、stare (at) 都有「看」的意思,但是

「哈利崇拜地注視著台上演講的他。」

這句中文裡的「注視」該用哪一個字?

Harry _____ at him in admiration as he made a speech.
☐ ① looked
☐ ② gazed
☐ ③ stared

★單字大解密

單字	音標	中文解釋
look	[lʊk]	看、注意
gaze	[gez]	注視、凝視
stare	[stɛr]	注視、盯著

Selet Your Answer and Go to Next Page

Answer 解答

「哈利崇拜地注視著台上演講的他。」這句中文裡的「注視」該用哪一個字？

答案：③ stared

解說： 關鍵在於「崇拜地」，gaze 通常為長時間、專注的注視，且表示好奇心或欣賞的眼光；stare 也是長時間、專注的注視，但通常是一種緊盯著、不懷好意的注視；look 則為一般的「看」或「注意」。

★片語大進級

① **to look out** 小心

② **to gaze at** 凝視

③ **to stare sb in the face** 對（某人）來說顯而易見

Test 【隨堂小測驗】

① 他一進門，Chelsea 就怒火中燒地直瞪著他。

As he entered the room, Chelsea ＿＿＿＿ at him in anger.

② 看看這些衣服都在地上！

＿＿＿＿ at all these clothes on the floor!

隨堂小測驗解答

① stared。本句描述生氣地「瞪著」他人，而 stare 為緊盯著且不懷好意的注視，又因過去式，故使用 stared。

② Look。此句為「看看」，他上的並未提，並沒有專注且長時間凝視的意味，故使用最一般的 look 即可。

Unit 9

★易混淆字——

strike、knock、pound

strike、knock、pound 都有「敲打」的意思,但是

「他敲打窗戶想引起她的注意。」

這句中文裡的「敲打」該用哪一個字?

He _____ on the window to attract her attention.
□ ① struck
□ ② knocked
□ ③ pounded

★單字大解密

單字	音標	中文解釋
strike	[straɪk]	打擊、攻擊
knock	[nɑk]	敲擊、碰撞
pound	[paʊnd]	敲打、猛擊

Selet Your Answer and Go to Next Page ➡

Answer 解答

「他敲打窗戶想引起她的注意。」這句中文裡的「敲打」該用哪一個字？

答案：② knocked

解說： 關鍵就在於「窗」此字，若是「敲門」、「敲窗」固定用法為 knock；strike 為強度較強之「猛擊」，且有「攻擊」的意味；pound 則是「連續打擊」之動作。

★片語大進級

① **to strike a pose** 擺出姿勢

② **to knock it off** 住口、住手

③ **to pound away at sth/ sb** 指責，批評，對⋯⋯施加壓力

Test 【隨堂小測驗】

① 殺人犯用球棒重擊了受害者的頭部。

The murderer _____ the victim's head with a bat.

② 上台時，我的心臟怦怦直跳。

My heart _____ so hard when I went on stage.

隨堂小測驗解答

① struck。strike 為重擊且力道強之攻擊，過去式為 struck。

② pounded。pound 為「連續」打擊、跳動之動作，心臟跳動怦怦急速之動作，又為過去式，故使用 pounded。

Unit 10

★易混淆字——

cure、treat、heal

cure、treat、heal 都有「治療」的意思,但是

「醫師無法治癒他的肺炎。」

這句中文裡的「治癒」該用哪一個字?

The doctor failed to _____ him of pneumonia.

☐ ① cure

☐ ② treat

☐ ③ heal

★單字大解密

單字	音標	中文解釋
cure	[kjʊr]	治癒、痊癒
treat	[trit]	治癒、醫療
heal	[hil]	治癒、痊癒

Selet Your Answer and Go to Next Page ➡

Answer 解答

「醫師無法治癒他的肺炎。」這句中文裡的「治癒」該用哪一個字？

答案：① cure

解說： 關鍵就在於「治癒肺炎」這個詞，cure 與 heal 皆有治癒之意，但 cure 多用於表示治療疾病使其完全痊癒，，heal 則多用於指涉療癒或是逐漸康復的狀態；treat 則為「治療」，不一定治癒。

★片語大進級

① **to cure sb of sth** 消除／治癒某人的……
② **to work a treat** 運作順利
③ **to heal a wound** 治癒傷口

Test【隨堂小測驗】

① 刀傷很快就痊癒了。

The cuts _____ fast.

② 他罹患罕見疾病，正在接受治療。

He is being _____ for a rare disease.

① healed。傷口的癒合或痊癒之情，得使用 heal，又因本句為過去式，故字尾加上 ed。

② treated。正在接受「治療」，還未痊癒，故使用 treat。flag 本句動詞嚴則使用 cure，因本句為被動式，故字尾需加上 ed。

隨堂小測驗解答

030

★易混淆字──

choose、 select、pick

choose、select、pick 都有「選」的意思，但是

「選擇這個項目。」

這句中文裡的「選擇」該用哪一個字？

_____ **this item.**

☐ ① chosen
☐ ② selected
☐ ③ picked

★單字大解密

單字	音標	中文解釋
choose	[tʃuz]	選擇、挑選
se·lect	[səˋlɛkt]	選擇、選拔
pick	[pɪk]	挑選、採摘

Selet Your Answer and Go to Next Page ➡

Answer 解答

「選擇這個項目。」這句中文裡的「選擇」該用哪一個字？

答案：② selected

解說： 關鍵就在於 select 強調於特定範圍內，精心的比較與淘汰後的客觀選擇，且表示用滑鼠勾選某項目時，也使用 select；choose 則含有個人判斷後，做出選擇之意，為最常見的「選擇」用法；pick 則是從許多物件中，進行挑選，為較口語的用法。

★片語大進級

① **to pick and choose** 挑三揀四
② **Select Committee** 特別委員會
③ **to take your pick** 隨便挑吧！

Test 【隨堂小測驗】

① 選擇去哪裡旅遊很困難。

It's difficult to _____ where to travel.

② 從這副牌中挑選一張牌。

_____ a card from the pack.

隨堂小測驗解答

① choose。本句為較主觀個人判斷，而需要做出選擇要去哪裡旅遊，故使用 choose。

② Pick。從一定數量書中，隨意挑選出一件物品，應使用 pick，因為隨意並非耗費較多時間的比較，故非使用 choose，也非精心的航海淘汰後的選擇，故 select 亦不適用。

032

★易混淆字──

rescue、 save、deliver

rescue、save、deliver 都有「拯救」的意思，但是
「水手們被直升機從沈船中救出來。」
這句中文裡的「救」該用哪一個字？

The sailors were _____ by the helicopter from the sinking boat.
☐ ① rescued
☐ ② saved
☐ ③ delivered

★單字大解密

單字	音標	中文解釋
res·cue	[ˋrɛskju]	援救、營救
save	[sev]	挽救、拯救
de·liv·er	[dɪˋlɪvɚ]	拯救、解救

Selet Your Answer and Go to Next Page ➔

Answer 解答

「水手們被直升機從沈船中救出來。」這句中文裡的「救」該用哪一個字？

答案：① rescued

解說： rescue 有營救、救援之意，若將某人「救出」危險之中，即可使用 rescue，如，救出綁架的人、救出火場中的人等；save 則為廣泛使用的「拯救、挽救」等；deliver 則為從不好的事情中解脫出來。

★片語大進級

① **to rescue sb from sth** 將某人從某事救出

② **to save up** 存錢

③ **to deliver a speech** 發表一場演講

Test【隨堂小測驗】

① 他無論做什麼都無法挽救他的婚姻。

There's nothing he can do to _____ his marriage.

② 捐錢給這個機構就可以幫忙救救這些挨餓的人。

Donating money to the charity can help _____ these starving people from their suffering.

① save。有拯救之意，rescue 是將人從危險中「救出」，deliver 則是從糟糕中解救出來，故此句只能使用 save 拯救挽救。

② deliver。是將人從糟糕中解救出來，故此處需解救的人「從中解脫出來」，則使用 deliver...from...。

隨堂小測驗解答

034

★易混淆字——

draw、pull、drag

draw、pull、drag 都有「拉」的意思，但是

「大夥兒正奮力地將擱淺的鯨魚拖回海中。」

這句中文裡的「拖」該用哪一個字？

A bunch of people are _____ the stranded whale back into the ocean.

☐ ① drawing
☐ ② pulling
☐ ③ dragging

★單字大解密

單字	音標	中文解釋
draw	[drɔ]	拉、拉長
pull	[pʊl]	拉、牽
drag	[dræg]	拉、拖曳

Selet Your Answer and Go to Next Page

035

Answer 解答

「大夥兒正奮力地將擱淺的鯨魚拖回海中。」這句中文裡的「拖」該用哪一個字？

答案：③ dragging

解說： 關鍵在於「擱淺鯨魚」，drag 含有「吃力拖拉」或長時間於表面磨擦「拖曳」的意思，擱淺的鯨魚為重量大的生物，故須以吃力的方式，長時間於海灘上將之拖曳至海中；而 draw 為一般力氣拉著，或指無形力量的牽引，如「吸引」注意；pull 通常為「突然用力」的行為，如「拉開」抽屜。

★片語大進級

① **to draw back** 退縮

② **to pull off sth/ to pull sth off** 成功做成（困難或出乎意料的事）

③ **to drag sb down** 使不愉快；擊垮

Test 【隨堂小測驗】

① 他穿了一身浮誇的戲服，為了吸引台下的觀眾。

He's wearing a ridiculous custom to _____ attention from the audience.

② 她拉開了抽屜。

She _____ out the drawer.

Unit 14

★易混淆字──

repair、fix、mend

repair、fix、mend 都有「修理」的意思，但是

「這被撕壞的旗子需要修補。」

這句中文裡的「修補」該用哪一個字？

The torn flag needs to be _____.

☐ ① repaired
☐ ② fixed
☐ ③ mended

★單字大解密

單字	音標	中文解釋
re·pair	[rɪˋpɛr]	修理、維修
fix	[fɪks]	修理、校準
mend	[mɛnd]	修理、縫補

Selet Your Answer and Go to Next Page

Answer 解答

「這被撕壞的旗子需要修補。」這句中文裡的「修補」該用哪一個字？

答案：③ mended

解說： 關鍵在於「旗子」，一般小東西或是布料類的修補，且不需專業人員操作的，使用 mend；fix 則是指修補一個大方向的問題，讓有問題的人事物回到過往的樣子，也可用於修補人與人之間的關係；repair 則在於修理一個大物件的一部分，或是大工程的維修。如：這台腳踏車壞了需要修理 fix（整體狀況），主要需要修理 repair 的地方是輪胎（一部分或零件），而椅墊破的部分，需要修補 mend（小東西或布料類）。

★片語大進級

① **to repair to somewhere** （通常指一群人）去某處、赴某地

② **to fix sth to sth** 將某物固定於……

③ **to be on the mend** （病後）身體逐漸康復

Test 【隨堂小測驗】

① 在她老公劈腿後，修補這段婚姻幾乎是不可能的了。

After her husband cheated on her, it's impossible for him to _____ their marriage.

② 遵照這些步驟，你就能將爆胎修好。

You can _____ the flat tire by following these guidelines.

① fix。人與人之間關係的修補，可以使用 fix。

② repair。用於修補零件或是整輛車的一部分，輪胎為汽車的零件，故使用 repair；若是大工程的維修，如道路，也可使用 repair。

隨堂小測驗解答

Unit 15

★易混淆字──

hunt、search、explore

hunt、search、explore 都有「探求」的意思，但是

「探索太空的火箭已發射。」

這句中文裡的「探索」該用哪一個字？

The rocket was sent to _____ space.

☐ ① hunt
☐ ② search
☐ ③ explore

★單字大解密

單字	音標	中文解釋
hunt	[hʌnt]	打獵、搜尋
search	[sɜtʃ]	搜尋、探查
ex·plore	[ɪkˋsplor]	探查、探索

Selet Your Answer and Go to Next Page

Answer 解答

「探索太空的火箭已發射。」這句中文裡的「探索」該用哪一個字？

答案：③ explore

解說：關鍵在於「太空」，explore 通常為在一個陌生場域、空間、領域的探索，且可能會發現新鮮事物，而太空為一個陌生場域與領域，所以使用 explore；而 hunt 與 search 皆為有目的的尋找，但 hunt 有獵捕（獵物）之意。

★片語大進級

① **to hunt sb/ sth down** 搜捕、找到

② **to search sth/ sb out** 找到，發現

③ **to explore for** 勘探

Test【隨堂小測驗】

① 貓咪本能喜歡獵捕老鼠。

Cats instinctively like to _____ mice.

② 機場的海關對此男子進行搜身，看是否藏有古柯鹼。

The man was _____ for cocaine by customs officers at the airport.

隨堂小測驗解答

① hunt。本句為鎖捕味、獵捕，之意，而 hunt 有打獵後獲得獵物的意思，故使用 hunt。

② searched。這句前半部的因在於題幹後 body search，故搜查題幹他人的搜身使用 search，又因本句為被動形式，所以答案是 searched。

Unit 16

★易混淆字——

say、speak、state

say、speak、state 都有「說」的意思，但是

「他跟家人說了再見後便出國了。」

這句中文裡的「說」該用哪一個字？

He _____ goodbye to his family and left the country.
- ☐ ① said
- ☐ ② spoke
- ☐ ③ stated

★單字大解密

單字	音標	中文解釋
say	[se]	說話、說明
speak	[spik]	說話、談論
state	[stet]	說明、陳述

Selet Your Answer and Go to Next Page ➡

041

Answer 解答

「他跟家人説了再見後便出國了。」這句中文裡的「説」該用哪一個字？

答案：① said

解說：關鍵在於「再見」，say goodbye 為道別的固定用語，say 為説的一般用法，通常説的內容生活化；而 speak 通常用於「説某種語言」或是跟某人説話 speak to/ with；state 則為立場、觀感的陳述或聲明，通常為清楚、謹慎的説明或寫下。

★片語大進級

① **to have a lot to say for oneself** 自吹自擂

② **to speak up for sb/ sth** 支持／為……辯護

③ **sb's state of mind** （某人）的精神狀態

Test 【隨堂小測驗】

① 保固書上清楚地標明了你們的保固範圍。

The warranty clearly _____ the limits of your liability.

② 她俄羅斯語説得很流利。

She _____ fluent Russian.

① states。本句為「清楚説明、聲明、表明」，故使用 states。

② speaks。「説某種語言」的固定用法為 speak + 語言。

隨堂小測驗解答

Unit 17

★易混淆字——

bite、chew、nibble

bite、chew、nibble 都有「咬」的意思,但是

「**老鼠把櫥櫃啃咬出一個洞。**」

這句中文裡的「啃咬」該用哪一個字?

The mouse _____ a hole in the cabinet.

☐ ① bit

☐ ② chewed

☐ ③ nibbled

★單字大解密

單字	音標	中文解釋
bite	[baɪt]	咬、刺激
chew	[tʃu]	咀嚼、思慮
nib·ble	[`nɪbl̩]	小口咬

Selet Your Answer and Go to Next Page

Answer 解答

「老鼠把櫥櫃啃咬出一個洞。」這句中文裡的「啃咬」該用哪一個字？

答案：③ nibbled

解說： 關鍵在於「老鼠」，老鼠通常要咬穿一個洞，都是小口小口持續地往某處咬，nibble 為小口小口持續地咬；而 bite 為咬一口或大力的咬下去，或有當名詞有刺激之意；chew 為用牙齒「持續咀嚼、磨碎」之意，也可指對問題進行謹慎的思慮。

★片語大進級
① **to bite back at sb/ sth** 憤怒地回應
② **to chew sb out** 怒斥
③ **to nibble (away) at sth** 逐漸消耗，蠶食

Test 【隨堂小測驗】

① 我無法忍受芥末辛辣的後勁。

I can't stand the _____ of the mustard.

② 邊講話邊咀嚼口香糖是不太禮貌的。

It's impolite to _____ on gum when you talk.

隨堂小測驗解答

① bite。本句的 bite 為名詞，描述芥末的後勁，也就是其「刺激」之意。

② chew。chew on sth 除了有嚼碎某重物的意涵之外，也有咀嚼之意，故咀嚼口香糖便使用 chew。

Unit 18

★易混淆字——

strike、beat、hit

strike、beat、hit 都有「打」的意思，但是

「他因為闖了紅燈而被車撞。」

這句中文裡的「撞」該用哪一個字？

He got _____ by the car as he ran on red.

☐ ① struck

☐ ② beat

☐ ③ hit

★單字大解密

單字	音標	中文解釋
strike	[straɪk]	打擊、攻擊
beat	[bit]	打擊、打敗
hit	[hɪt]	打擊、碰撞

Selet Your Answer and Go to Next Page ➞

Answer 解答

「他因為闖了紅燈而被車撞。」這句中文裡的「撞」該用哪一個字？

答案：③ hit

解說：關鍵在於「被車撞」，hit 為廣泛運用的「打」或是「撞擊」，被車撞則使用 hit；strike 是指在某衣物上給予強烈的一擊；beat 為不只一次的打（擊）或有打敗的意思。

★片語大進級
① **to strike sb out** 將某人三振出局
② **to beat sb up** 毆打某人
③ **to hit on sb** 搭訕某人

Test 【隨堂小測驗】

① 在最後一局，投手將打者三振出局。

The pitcher _____ him out in the last inning.

② 她在這場總統選舉中，將他打敗。

She _____ him in the presidential election.

隨堂小測驗解答

① struck。strike sb out 為三振出局的固定用法，strike 的過去式為 struck。
② beat。本句為「打敗」對手，而 beat 有擊敗對手之意。

Unit 19

★易混淆字——

wake、awake、 wake up

wake、awake、wake up 都有「甦醒」的意思，但是

「他在床上躺了兩小時還是很清醒，睡不著。」

這句中文裡的「清醒」該用哪一個字？

He lay widely _____ in bed for two hours.

□ ① wake

□ ② awake

□ ③ wake up

★單字大解密

單字	音標	中文解釋
wake	[wek]	醒來、喚醒
a·wake	[ə`wek]	醒來、喚醒
wake·up	[`wekʌp]	醒來、起床

Selet Your Answer and Go to Next Page ➡

Answer 解答

「他在床上躺了兩小時還是很清醒，睡不著。」這句中文裡的「清醒」該用哪一個字？

答案：② awake

解說： 關鍵在於「很清醒」，awake 可以做形容詞使用，lie awake 則為睡不著的固定用法，若做動詞使用，則有「喚醒」或「（使）領悟」的意思；wake 則與 wake up 有幾乎相同的意思，wake up 有時候為 wake 的加強語，唯一不同之處在於，Wake up 可以當祈使句使用，且有「振作起來！」的意思，而 Wake 不能單獨使用成為祈使句。

★ 片語大進級

① **in the wake up sth** 作為……的後果；隨……之後而來

② **to lie awake** 躺著睡不著

③ **to wake sb up** 叫醒（某人）

Test 【隨堂小測驗】

① 振作起來！別再難過了，這還不是最後！

_____! Stop being sad. It's not the end.

② 你不可能叫醒他的，他總是睡很沉。

There's no way to _____ him because he's a heavy sleeper.

隨堂小測驗解答

① Wake up！ 可以做祈使句使用，除了「振醒的 i 」也有「起作 i 」之意，而本句則沒有做為祈使句。

② wake。本句為「叫醒」他人然後用 wake 而若使用 wake up 則需寫成 wake him up。

048

NOTE

Chapter 2
一般動作篇

Unit 20

◆ 易混淆字

pardon、
forgive、excuse

pardon、forgive、excuse 都有「原諒」的意思，但是

「我永遠都不會原諒他劈腿。」

這句中文裡的「原諒」該用哪一個字？

I'll never _____ hm for cheating on me.
□ ① pardon
□ ② forgive
□ ③ excuse

★單字大解密

單字	音標	中文解釋
par·don	[`pɑrdn]	原諒、赦免
for·give	[fɚ`gɪv]	原諒、寬恕
ex·cuse	[ɪk`skjuz]	原諒、饒恕

Selet Your Answer and Go to Next Page ➡

Answer 解答

「我永遠都不會原諒他劈腿。」這句中文裡的「原諒」該用哪一個字？

答案：② forgive

解說： 關鍵就在於「劈腿」，forgive 是指原諒一個錯誤的行為，且含有情感因素的受傷與憤怒，又出自於同情、感情、憐憫而原諒對方；pardon 則是寬恕嚴重的過失與法律上的犯罪，且有官方運用權力「赦免」他人之意，若 pardon 運用於禮貌上，與 excuse 同意，但較為正式；excuse 指原諒一個人的禮節疏失，較為口語。

★片語大進級

① **a free pardon** 特赦

② **to forgive a loan/ debt** 債務毋須償還

③ **a miserable/ bad excuse for sth** 拙劣的／極糟糕的……東西

Test【隨堂小測驗】

① 比利時國王簽署了皇家赦免，赦免了一位荷蘭罪犯。

The Belgian King issued a royal _____ to a Dutch speaking convict.

② 不好意思，你知道校園裡的圖書館在哪裡嗎？

_____ me, where is the library on this campus?

隨堂小測驗解答

① pardon。比句的 pardon 為名詞，比利時國王以威權力上位者，發號「赦免罪犯」，能明罪狀，因此其方的「赦免」便用 pardon。

② Excuse。在口語中，「不好意思」、「打擾一下」的用法亦有 excuse me，引用於同路、禮貌性請讓別（求通）等……。

Unit 21

◆ 易混淆字

guess、assume、suppose

guess、assume、suppose 都有「猜想」的意思，但是

「猜猜看怎麼了？我贏了歌唱比賽的冠軍！」

這句中文裡的「猜猜看」該用哪一個字？

_____ what? I won the champion of the singing contest!

☐ ① Guess

☐ ② Assume

☐ ③ Suppose

★單字大解密

單字	音標	中文解釋
guess	[gɛs]	猜測、認為
a·ssume	[ə`sjum]	假定、認為
sup·pose	[sə`poz]	猜想、假定、認為應該

Selet Your Answer and Go to Next Page

Answer 解答

「猜猜看怎麼了？我贏了歌唱比賽的冠軍！」這句中文裡的「猜猜看」該用哪一個字？

答案：① Guess

解說： 關鍵就在於「Guess what?」，guess what 為「你知道嗎？」「猜猜看發生什麼事！」的口語用法，guess 指未經考慮周全的猜測，若 guess 表示「猜想、認為」時，和 suppose 同義；而 suppose 表示「假定」時，和 assume 同義，而 assume 也有「冒充、冒稱」之意。

★片語大進級

① **to guess at sth** 推測、想像

② **to assume a false name** 用假名冒充

③ **to be supposed to V.** 應該……

Test【隨堂小測驗】

① 如果你未成年，就不應該抽煙。

You're not _____ to smoke if you're underage.

② 如果到明晚我還沒通知你，（請先假定）我將不會出席。

If you haven't heard by tomorrow night, _____ I'm not attending.

① supposed。suppose 有「認為、應當」之意，而 to be supposed to 表示「（被）認為、應該……」，為其用法★相當於表較「有 should 之意。

② assume/ suppose。suppose 和 assume 都有假定的意思，因此本句若想表達「到明晚我還沒收到通知的話，我可假定或者不會出席的時候」，故便用 assume 或 suppose。

隨堂小測驗解答

054

Unit 22

◆ 易混淆字

hint、imply、
suggest

hint、imply、suggest 都有「暗示」的意思，但是

「我建議她的生日派對去公車站附近的中式餐廳。」

這句中文裡的「建議」該用哪一個字？

I _____ a Chinese restaurant near the bus stop for her birthday party.

☐ ① hinted
☐ ② implied
☐ ③ suggested

★單字大解密

單字	音標	中文解釋
hint	[hɪnt]	暗示、指點
im·ply	[ɪmˋplaɪ]	暗示、意指
sug·gest	[səˋdʒɛst]	建議、暗示

Selet Your Answer and Go to Next Page

Answer 解答

「我建議她的生日派對去公車站附近的中式餐廳。」這句中文裡的「建議」該用哪一個字？

答案：③ suggested

解說： 關鍵就在於「建議」，suggest 通常為公開給予建議，說服他人做某件事；而 hint 有「提示、指點」之意，如 give me a hint 為「給我個提示（暗示）」或 give me some useful hints 為「給我些有益的指點」；imply 則有「暗示、意味著……」之意。

★片語大進級

① **to drop sb a hint** 給某人暗示

② **as sth implies** 正如……所暗示的

③ **to suggest sth to sb** 使人聯想到……

Test【隨堂小測驗】

① 我已經跟老闆暗示好幾次，如果下個月我沒有得到升遷，我就會離職。

I've dropped quite a few _____ to my boss that I'll quit if I'm not getting any promotion next month.

② 關於這個議題，他嘲諷的演講很明顯是在暗指些什麼內幕。

It's obvious that he's _____ something from his sarcastic speech about this issue.

① hints。give (drop) a hint 為常用的★片語大進級，此處作名詞名詞用，本句 hints 為複數，為「暗示」之意。

② implying。本句接現在式，而慾以此語尾，故需其身的分式或進去動詞詞尾，此處用 imply，imply 有「暗示、意味著」的意涵，本句為敘述進行式，故使用 implying。

◆ 易混淆字

mistake、
fault、error

mistake、fault、error 都有「錯誤」的意思，但是

「**你的計算當中有些錯誤。**」

這句中文裡的「錯誤」該用哪一個字？

There are some _____ in your calculation.
☐ ① mistakes
☐ ② faults
☐ ③ errors

★單字大解密

單字	音標	中文解釋
mis·take	[mɪˋstek]	錯誤、過失
fault	[fɔlt]	錯誤、毛病
er·ror	[ˋɛrɚ]	錯誤、過失

Selet Your Answer and Go to Next Page →

Answer 解答

「你的計算當中有些錯誤。」這句中文裡的「錯誤」該用哪一個字？

答案：③ errors

解說： 關鍵就在於「計算」，error 通常指違反某種標準、計算、電腦、系統上的錯誤，也包含道德上的錯誤，有時與 mistake 通用，但程度更強烈，用法也較為正式；mistake 是常見用語，較常用於粗心、疏忽、或看法、認知判斷所造成的錯誤；fault 表示個人過失，個人的小錯誤，且有責備當事人之意，也可形容人的「缺點、毛病」。

★片語大進級

① **by mistake** （不小心）錯誤地

② **to find fault with** 批評、挑剔

③ **an error of judgment** 判斷失誤

Test 【隨堂小測驗】

① 我遲到了，都是我的錯。

I'm late. It's all my _____.

② 我不小心拿走了他的筆。

I took her pencil by _____.

① fault。本句為個人過失，雖用本人承擔責任，但仍可發覺這裡的小錯誤，故使用 fault。

② mistake。by mistake 為固定用法，★片語大進級，有「（不小心）錯誤地」的意思。

隨堂小測驗解答

◆ 易混淆字

decrease、 reduce、decline

decrease、reduce、decline 都有「減少、降低」的意思，但是

「我們邀請史密斯醫師參與儀式，但他婉拒了。」

這句中文裡的「婉拒」該用哪一個字？

We invited Dr. Smith to the ceremony, but he _____.

☐ ① decreased
☐ ② reduced
☐ ③ declined

★單字大解密

單字	音標	中文解釋
de·crease	[`dikris]	減小、減少
re·duce	[rɪ`djus]	減少、降低
de·cline	[dɪ`klaɪn]	減少、降低、婉拒

Selet Your Answer and Go to Next Page ➡

Answer 解答

「我們邀請史密斯醫師參與儀式，但他婉拒了。」這句中文裡的「婉拒」該用哪一個字？

答案：③ declined

解說： 關鍵就在於「婉拒」，decline 除了指數量的減少之外，也可指影響力／重要程度／能力的減少，另外，decline 也有「婉拒」之意；而 decrease 通常指數量的降低或減少，也有「使……降低／減少」之意，此時則跟 reduce 幾乎同義，差別在 reduce 還有「使……陷入糟糕的狀況」或「使……簡化」之意。

★片語大進級

① **to decrease by** 下降……（數量、數字、百分比等）
② **to reduced to Ving** 使（某人）被逼無奈地做某事
③ **in sb's declining years** 在某人的晚年

Test 【隨堂小測驗】

① 鄉村的人口數逐年減少。

The population in the countryside is _____ gradually every year.

② 在國王死後，此帝國的權威已慢慢削弱。

The power of the Empire is _____ after the dead of the king.

⚡ Unit 25 ⚡

◆ 易混淆字

add、increase、plus

add、increase、plus 都有「增加」的意思，但是

「政府應該要增加大眾對此疾病的意識。」

這句中文裡的「增加」該用哪一個字？

The government should _____ public awareness of the disease.

☐ ① add

☐ ② increase

☐ ③ plus

★單字大解密

單字	音標	中文解釋
add	[æd]	增加、添加
in·crease	[ɪn`kris]	增加、增大
plus	[plʌs]	加上、外加

Selet Your Answer and Go to Next Page ➜

Answer 解答

「政府應該要增加大眾對此疾病的意識。」這句中文裡的「增加」該用哪一個字？

答案：② increase

解說： 關鍵就在於「意識」這個字，increase 通常有提升之意，或不管原先的條件為何，最後總數增加時，就用 increase。add則是「添加」了某人事物至原本的人事物之中；plus 則是「加減乘除」中的「加」，因此有兩物相加之意，而 plus 可為介系詞、形容詞、名詞，不作動詞使用。

★片語大進級

① **to add fuel to the fire** 火上加油

② **to increase one's knowledge** 提升某人的知識

③ **to be a plus** 是個優勢（有利條件）

Test 【隨堂小測驗】

① 本月租金為 8000 元，另加電費 500 元。

The rent is 8000NT dollars this month, _____ 500NT dollars for electricity.

② 請加一些薑進去茶中。

Please _____ some ginger into the tea.

② add。本句為「添加」，薑加進去原本的茶中，故使用 add。

① plus。本句為「租金 8000 元」「加上」500 元，即所有兩物相加的狀態，又因為本句只有動詞 is，不能再用另一個動詞，故使用介系詞 plus。

隨堂小測驗解答

Unit 26

◆ 易混淆字

break、pause、interval

break、pause、interval 都有「停」的意思,但是

「他停頓後思考了一下,才繼續講話。」

這句中文裡的「停頓」該用哪一個字?

He _____ and thought for a moment before he continued to speak.

☐ ① broke

☐ ② paused

☐ ③ interval

★單字大解密

單字	音標	中文解釋
break	[brek]	暫停、休息
pause	[pɔz]	暫停、間斷
in·ter·val	[ˋɪntɚvl̩]	間隔、休息

Selet Your Answer and Go to Next Page ➔

Answer 解答

「他停頓後思考了一下，才繼續講話。」這句中文裡的「停頓」該用哪一個字？

答案：② paused

解說： 關鍵就在於「停頓」，通常 pause 為短暫的停頓，如說話停頓一下、音樂暫停一下等；break 則強調「中斷、中止」或「休息時間」；interval 則表示兩件事中間的間隔、時間間隔、距離區間。

★片語大進級

① **to break up with sb** 跟某人分手

② **to give sb pause** 使（某人）停下來仔細考慮

③ **at regular intervals** 定期

Test 【隨堂小測驗】

① 我的同事喜歡在下午時休息一下，喝個咖啡。

My colleagues love to take a coffee ＿＿＿ in the afternoon.

② 你應該將這些花以 10 公分的間隔一支一支的栽種。

You should plant those flowers one by one at 10 cm ＿＿＿.

Unit 27

◆ 易混淆字

have、own、possess

have、own、possess 都有「擁有」的意思，但是

「**他因非法持有毒品被逮捕。**」

這句中文裡的「持有」該用哪一個字？

He was arrested because he illegally _____ drugs.
□ ① had
□ ② owned
□ ③ possessed

★單字大解密

單字	音標	中文解釋
have	[hæv]	暫停、休息
own	[on]	暫停、間斷
pos·sess	[pə`zɛs]	間隔、休息

<u>**Selet Your Answer and Go to Next Page**</u> ➡

Answer 解答

「他因非法持有毒品被逮捕。」這句中文裡的「持有」該用哪一個字？

答案：③ possessed

解說： 關鍵就在於「持有毒品」，possess drugs 為持有毒品的常見用法，possess 指夠過某種方式取得而一時擁有，因此本題使用 possess；own 則屬於合法長期擁有；have 含義範圍廣，且較為口語。而三者意思接近，常常可以互換使用。

★ 片語大進級

① **must-have** 必備的

② **to own up** 承認、坦白（錯誤）

③ **to possess drugs** 持有毒品

Test【隨堂小測驗】

① 這房子不是租的，我們合法擁有它。

The house is not rented. We _____ the house.

② 我有兩個哥哥。

I _____ two brothers.

① own。本句為「合法且擁有，且是自己的房子」，故使用 own 最為適當。

② have。口語上的「有」，使用 have 即可，own 或 possess 皆有「擁有」的意思，就不適合使用於本句中。

隨堂小測驗解答

Unit 28

◆ 易混淆字

encourage、 inspire、support

encourage、inspire、support 都有「鼓勵」的意思，但是

「諮商師鼓勵他放心地說出他的遭遇。」

這句中文裡的「鼓勵」該用哪一個字？

The therapist _____ him to talk freely about his experiences.
☐ ① encouraged
☐ ② inspired
☐ ③ supported

★單字大解密

單字	音標	中文解釋
en·cour·age	[ɪn`kɝ·ɪdʒ]	鼓勵、激發
in·spire	[ɪn`spaɪr]	鼓舞、激起
sup·port	[sə`port]	激勵、資助

Selet Your Answer and Go to Next Page ➔

Answer 解答

「諮商師鼓勵他放心地説出他的遭遇。」這句中文裡的「鼓勵」該用哪一個字？

答案：① encouraged

解說： 關鍵在於 encourage 為「鼓勵」他人做某件事的含義，故諮商師「鼓勵」他「講出遭遇」，需使用 encourage；inspire 為「激勵」之意，有激發出新的點子或新想法之含義；support 則為支持或金錢上的資助。

★片語大進級
① **to encourage sb to do sth** 鼓勵某人做某事
② **to inspire an idea** 激發點子
③ **to support sb in sth** 在某事上支持某人

Test 【隨堂小測驗】

① 這個癌症研究是由衛生部資助的。

The Health Ministry is _____ this cancer research.

② 將軍發表的演説激勵了士兵們的信心與決心。

The speech made by the general _____ the soilders with confidence and determination.

Unit 29

◆ 易混淆字

show、display、exhibit

show、display、exhibit 都有「展示」的意思，但是

「你能示範你怎麼修好這個程式錯誤給我看嗎？」

這句中文裡的「示範」該用哪一個字？

Would you _____ me how you fix the bug?

□ ① show
□ ② display
□ ③ exhibit

★單字大解密

單字	音標	中文解釋
show	[ʃo]	展示、出示
dis·play	[dɪˋsple]	展出、陳列
ex·hib·it	[ɪgˋzɪbɪt]	展出、陳列

Selet Your Answer and Go to Next Page

Answer 解答

「你能示範你怎麼修好這個程式錯誤給我看嗎？」這句中文裡的「示範」該用哪一個字？

答案：① show

解說： 關鍵在於「示範給我看」，show、display、exhibit 都有「公開展示物品」之意，通常三字可以互換，而 show 還有「出示」證件、「示範」、「展現」、「秀」之意，而本句使用 show，「示範給我看」show me how。

★片語大進級
① **to show off** 炫耀
② **on display** 展示中
③ **to exhibit an art collection** 展出一系列藝術作品

Test 【隨堂小測驗】

① 這個證物就是兇手用來殺害被害人的武器。

The _____ was the weapon that the murderer used to kill the victim.

② 現今，大部分的電視及電腦螢幕都是液晶顯示器。。

Nowadays, liquid crystal _____ is commonly used in TVs and computer monitors.

① exhibit 作名詞，除了有展示物品的意思之外，也有「證據、證物」的意思。

② display 作名詞，除了有（顯露）展示、展示、展示物品之外，也可作「螢幕（顯示器）」之意。

隨堂小測驗解答

070

Unit 30

◆ 易混淆字

aid、assist、help

aid、assist、help 都有「幫忙」的意思，但是

「**希望你能協助主編安排訪談。**」

這句中文裡的「協助」該用哪一個字？

You're expected to _____ the editor with the interview arrangement.
□ ① aid
□ ② assist
□ ③ help

★單字大解密

單字	音標	中文解釋
aid	[ed]	幫助、救助
as·sist	[ə`sɪst]	幫助、協助
help	[hɛlp]	幫助、援助

Selet Your Answer and Go to Next Page ➔

Answer 解答

「希望你能協助主編安排訪談。」這句中文裡的「協助」該用哪一個字？

答案：② assist

解說： 關鍵就在「協助主編」，assist 通常是「以助理的方式協助」，主編是主要負責人，從旁協助則為assist；aid 通常為「救助」，如對於弱勢團體的積極救助則為 aid；help 用途廣，許多情況都可使用 help 代替 aid 和 assist，而 help 通常與 with 連用。

★片語大進級

① **in aid of sb/sth** 為救援（幫助）……

② **to assist the police with inquiries** 配合警方詢問

③ **to help (sb) out** 幫助某人擺脫困境

Test 【隨堂小測驗】

① 感謝你協助我完成報告。

Thanks for ＿＿＿＿ me out with the report.

② 此慈善機構救助無數貧困兒童。

The charity ＿＿＿＿ the children in poverty.

② aids。本句為慈善機構對於弱勢團體的積極救助取，故使用 aids「救助」。

① helping。因 help out 為固定用法，故使用 help，而動詞於介系詞 for 之後，故需加上 Ving 為 helping。

隨堂小測驗解答

072

≋≋ Unit 31 ≋≋

◆ 易混淆字

defend、guard、protect

defend、guard、protect 都有「保衛」的意思,但是

「**這隻狗在房外看守著。**」

這句中文裡的「看守」該用哪一個字?

The dog stands _____ outside the house.

☐ ① defend
☐ ② guard
☐ ③ protect

★單字大解密

單字	音標	中文解釋
de·fend	[dɪ`fɛnd]	防禦、保衛
guard	[gɑrd]	保衛、看守
pro·tect	[prə`tɛkt]	保護、防護

Selet Your Answer and Go to Next Page ➡

Answer 解答

「這隻狗在房外看守著。」這句中文裡的「看守」該用哪一個字？

答案：② guard

解說：關鍵在於「房外看守」，defend 與 protect 有較為主動積極的含義，可能有實際採取行動保護某人事物；而 guard 強調「（近距離）看守」，不一定採取任何行動保衛或防護，而 guard 也可用於 guard one's tember，作為「控制脾氣」之意。

★片語大進級

① **the defending champion** 衛冕冠軍

② **to guard against sth** 防止；防範

③ **to protect sb/ sth from sb/ sth**
保護（某人／某物）免受（某人／某物）的傷害

Test 【隨堂小測驗】

① 這位律師成功的在法庭上為她辯護。

The lawyer successfully _____ the lady in court.

② 這產品經過認證可以保護牙齒。

This product is proven to _____ your teeth.

Unit 32

◆ 易混淆字

gain、get、earn

gain、get、earn 都有「獲得」的意思,但是

「這位市長在此城市中,漸得民心。」

這句中文裡的「得」該用哪一個字?

The mayor is ＿＿＿ ground in the city.

□ ① gaining
□ ② getting
□ ③ earning

★單字大解密

單字	音標	中文解釋
gain	[gen]	獲得、增加
get	[gɛt]	獲得、得到
earn	[ɝn]	獲得、賺得

Selet Your Answer and Go to Next Page ➤

Answer 解答

「這位市長在此城市中，漸得民心。」這句中文裡的「得」該用哪一個字？

答案：① gaining

解說： 關鍵在於「逐漸得到」，gain 強調「（經過一段時間逐漸）得到、博得」，而本句 to gain ground 為一固定★片語大進級，表示「得到肯定、變得更受歡迎」；get 則為「得到」的廣泛用法，較為口語；earn 則為經過努力，賺取的報酬或榮譽。

★片語大進級

① **to gain on sb/ sth** 逼近……；趕上……

② **to get by** 勉強過活；勉強應付過去

③ **well earned** 應得的

Test 【隨堂小測驗】

① 經過幾年的辛苦，他終於能好好休息，這是他應得的。

He's having a well _____ rest after years of hard work.

② 你有得到關於地震的消息嗎？

Did you _____ any news about the earthquake?

Unit 33

◆ 易混淆字

hold、keep、stay

hold、keep、stay 都有「保持」的意思，但是
「你應該將你的相機保存在防潮箱裡。」
這句中文裡的「保存」該用哪一個字？

You should _____ your camera in the damp proof box.
☐ ① hold
☐ ② keep
☐ ③ stay

★單字大解密

單字	音標	中文解釋
hold	[hold]	保持、持有
keep	[kip]	保持、保有
stay	[ste]	保持、停留

Selet Your Answer and Go to Next Page ➤

Answer 解答

「你應該將你的相機保存在防潮箱裡。」這句中文裡的「保存」該用哪一個字？

答案：② keep

解說：關鍵在於「保存相機」，keep 有「保存、保管、保留」的意思；hold 則強調「握住、支撐」的意思；stay 有「維持某狀態」的含義，也有「停留」之意。

★片語大進級

① **to hold off** 推遲、延遲

② **to keep off sth** 不提，避開（某一話題）

③ **to stay over** 在他人住處留宿一晚

Test【隨堂小測驗】

① 他將哭泣的女朋友緊抱在懷中。

He _____ his crying girlfriend in his arms.

② 我會在這裡待著，等到雨停再走。

I'll _____ here until the rain stops.

隨堂小測驗解答

① held。hold 有「握住」之意，將某人抱在懷中為 hold sb in one's arms，而本句為過去式，故使用 held。

② stay。stay 有「停留」之意，本句為「等在原地」，故為 stay here。

078

Unit 34

◆ 易混淆字

clarify、explain、interpret

clarify、explain、interpret 都有「說明」的意思，但是
「這個音樂作品可以被詮釋為對社會隱晦的批評。」
這句中文裡的「詮釋」該用哪一個字？

This piece of music can be _____ as an implicit criticism against the society.

☐ ① clarified
☐ ② explained
☐ ③ interpreted

★單字大解密

單字	音標	中文解釋
clar·i·fy	[ˋklærəˌfaɪ]	澄清、闡明
ex·plain	[ɪkˋsplen]	解釋、說明
in·ter·pret	[ɪnˋtɝprɪt]	說明、詮釋

Selet Your Answer and Go to Next Page

Answer解答

「這個音樂作品可以被詮釋為對社會隱晦的批評。」這句中文裡的「詮釋」該用哪一個字？

答案：③ interpreted

解說：關鍵在於「音樂作品的詮釋」，不管是對於詩集、音樂等，較於「主觀感受」的解讀與詮釋，並賦予意涵，則使用 interpret，它亦有「口譯」的意思；clarify 則是對「既有的事物」再加以澄清、闡明，使之意思更為明確；explain 則是「解釋」事發的原由，或提供相關資訊，也有「為自身辯解」的意思。

★片語大進級

① **to clarify the point** 闡釋（闡明）觀點

② **to explain sth away** 為……辯解；對……加以解釋以減輕其嚴重性

③ **to interpret the poem** 詮釋詩的意境

Test【隨堂小測驗】

① 他無法解釋為何遲到

He can't _____ why he's late.

② 請先澄清你對於此主題的立場，我們再討論下一件事。

Please _____ your stand on this topic until we go on to the next.

① explain。Explain 為「解釋」，重讀首用，本句意為「他遲到」，但他無法「解釋」其中原因與緣由，故便用 explain。

② clarify。clarify 有「澄清」的意思，將自己的「立場、觀點」闡述重複，使問題清晰的狀況，則便用 clarify。

隨堂小測驗解答

Unit 35

◆ 易混淆字

practice、
exercise、drill

practice、exercise、drill 都有「練」的意思，但是

「這所高中應用軍事風格的訓練，來培養學生的自律。」

這句中文裡的「訓練」該用哪一個字？

This high school applies army-style _____ to cultivate students' self-discipline.

☐ ① practice
☐ ② exercise
☐ ③ drill

★單字大解密

單字	音標	中文解釋
prac·tice	[ˋpræktɪs]	練習、實習
ex·er·cise	[ˋɛksəˌsaɪz]	練習、鍛鍊
drill	[drɪl]	訓練、操練

Selet Your Answer and Go to Next Page →

Answer 解答

「這所高中應用軍事風格的訓練,來培養學生的自律。」這句中文裡的「自律」該用哪一個字?

答案:③ drill

解說:關鍵在於「軍事風格」,drill 指的是例行性的訓練,尤指軍事方面的演練,偶爾用在運動上重複的訓練項目,通常有人指導或監督;practice 則是指不斷練習去達成技巧熟練的程度,可廣泛運用在多種項目上,如:球類運動、樂器、歌唱等……;exercise 主要指運動、體能的鍛鍊,或指運動本身,也指書本教材中的練習題。

★片語大進級
① **sharp practice** (商業上的)不道德行為,不正當手段
② **to exercise sb's mind** 使某人擔憂/煩惱
③ **to drill down** 深層研究(從電腦或網路)

Test 【隨堂小測驗】

① 舞蹈比賽前,我還得再多練習。

I need to get more _____ before the dancing competition.

② 網球是我最喜歡的運動。

Playing tennis is my favorite kind of _____.

① practice 可廣泛運用在其多項目的練習中,如:歌唱、舞蹈,可為主導說。

② exercise 本句指的是「運動」,游泳、球類、體操都算是一種運動,因此使用 exercise。

隨堂小測驗解答

Unit 36

◆ 易混淆字

stop、cease、quit

stop、cease、quit 都有「停」的意思，但是

「球滾過來的時候，可以請你將它停止下來嗎？」

這句中文裡的「停」該用哪一個字？

Could you _____ the rolling ball as it passes?
☐ ① stop
☐ ② cease
☐ ③ quit

★單字大解密

單字	音標	中文解釋
stop	[stɑp]	停止、阻止
cease	[sis]	停止、結束
quit	[kwɪt]	停止、放棄

Selet Your Answer and Go to Next Page →

Answer 解答

「球滾過來的時候，可以請你將它停止下來嗎？」這句中文裡的「停」該用哪一個字？

答案：① stop

解說： 關鍵在於「滾動的球」，stop 廣泛運用於各種「停止、阻止」，用法較非正式，主要可用於停止人事物的「運動、移動」；cease 用法較為正式，意指已發生過一段時間的事件或行動已經「結束」，如：軍事行動、街頭抗議等；quit 則有「戒掉、放棄」的意思，如：自主戒菸、離職等。

★片語大進級
① **to stop off somewhere** 中途拜訪，中途停留（在某處）
② **without cease** 不停止，連續
③ **to quit smoking** 戒菸

Test 【隨堂小測驗】

① 這兩個國家終於宣布停火。

Two countries finally declared a _____-fire.

② 中樂透之後，他馬上就辭職了。

He _____ his job right after he won the lottery.

① cease。ceasefire 專指「（兩軍之間的）停火協定」。

② quit。quit the job 有自己離開工作的意思。

隨堂小測驗解答

✂ **Unit 37** ✂

◆ 易混淆字

fall、drop、descend

fall、drop、descend 都有「降落」的意思，但是

「他一聽到鈴聲，就馬上走下樓梯。」

這句中文裡的「下」該用哪一個字？

When he heard the bell, he _____ the stairs immediately.

☐ ① fell

☐ ② dropped

☐ ③ descended

★單字大解密

單字	音標	中文解釋
fall	[fɔl]	跌倒、降下
drop	[drɑp]	降下、滴下
de·scend	[dɪˋsɛnd]	降下、傾斜

Selet Your Answer and Go to Next Page ➡

Answer 解答

「他一聽到鈴聲，就馬上走下樓梯。」這句中文裡的「下」該用哪一個字？

答案：③ descended

解說： 關鍵在於「下樓梯」，此舉為自我控制的往下走，而 descend 是自我有意圖的由高處往低處移動的意思；fall 與 drop 皆可指數量、音量、比率、品質等的下降，fall 還含有不小心跌倒的意思；drop 除了有事物減少、下降、掉落之外，也可作為及物動詞，由某人（使）某物落下／放下／丟下。

★片語大進級

① **to fall off** （數量）減少；（比率）下降；（品質）降低

② **to drop out** 停止；退出；中斷

③ **to descend to sth** 墮落到……

Test 【隨堂小測驗】

① 他從樓梯上跌落，摔斷了腳。

He ＿＿＿＿ from the stairs and broke his leg.

② 她把書丟下後就奪門而出。

She ＿＿＿＿ the book and ran out of the door.

Unit 38

◆ 易混淆字

tie、bind、attach

tie、bind、attach 都有「綁」的意思，但是

「壓線縫紉是其中一種最簡單的裝訂書籍方式。」

這句中文裡的「裝訂」該用哪一個字？

Saddle-stitching is one of the easiest ways to _____ your book.
- □ ① tie
- □ ② bind
- □ ③ attach

★單字大解密

單字	音標	中文解釋
tie	[taɪ]	綁、打結
bind	[baɪnd]	綑綁、束縛
a·ttach	[əˋtætʃ]	繫、依附

Selet Your Answer and Go to Next Page ➡

Answer 解答

「壓線縫紉是其中一種最簡單的裝訂書籍方式。」這句中文裡的「裝訂」該用哪一個字？

答案：② bind

解說： 關鍵在於「裝訂書籍」，to bind a book 是裝訂書籍（裝訂成冊）的固定用法，bind 與 tie 都有將東西綁起來的意思，而 bind 著重於將兩物以上綑綁在一起，而 tie 則強調用繩子打結或打蝴蝶結，例如：綁頭髮、綁鞋帶，tie 與 bind 也可用於行為上的束縛，bind 強調的是法律上規範及限制行為；attach 則指兩物相連，也可用於情感上的連結與依賴。

★片語大進級

① **to tie sth in** （使）相一致；（使）有聯繫

② **to bind sb to sth** 使……保證；迫使……遵守約定

③ **to attach to sb/ sth** ……具有（特性）；與……有關聯

Test【隨堂小測驗】

① 這小孩仍然非常黏他的母親。

The child is still deeply _____ to his mother.

② 請將緞帶綁成蝴蝶結在那棵樹上，作為一個記號。

Please _____ the ribbon in a bow on that tree as a mark.

② tie。為打蝴蝶結、綁鞋帶、緞帶等著重於其首用字。

① attached。to be attached to sb/ sth 可表示「情感上」黏……依賴。

隨堂小測驗解答

Unit 39

◆ 易混淆字

tour、travel、journey

tour、travel、journey 都有「旅行」的意思，但是

「他搭飛機橫跨整個國家，為了參與一場會議。」

這句中文裡的「橫跨」該用哪一個字？

He _____ across the country by plane to attend a meeting.
☐ ① toured
☐ ② traveled
☐ ③ journeyed

★單字大解密

單字	音標	中文解釋
tour	[tʊr]	旅遊、遊覽
tra·vel	[ˋtrævl]	旅行、行進
jour·ney	[ˋdʒɝ·nɪ]	長程旅行

Selet Your Answer and Go to Next Page ⟶

Answer 解答

「他搭飛機橫跨整個國家，為了參與一場會議。」這句中文裡的「橫跨」該用哪一個字？

答案：② traveled

解說： 關鍵在於「搭機橫跨」，travel 泛指從 A 地到達 B 地，也可指旅行，通常較常作動詞使用；tour 指的是有專人導覽的旅行或觀光，也作為巡迴（演出）的意思；journey 則強調「旅程、旅途」，通常較為長期。

★片語大進級

① **to go on tour** 做巡迴（演出）

② **to travel around** 環遊

③ **to go on a journey** 踏上（長）旅途

Test 【隨堂小測驗】

① 我最喜歡的美國歌手下個月要來亞洲巡迴表演。

My favorite American singer is going on _____ to Asia next month.

② 人生是一段潮起潮落的旅途。

Life is a _____ filled with highs and lows.

② journey。人生通常就是一個較長的旅途，故較適合使用 journey。

① tour。這三者中，唯一可表示從頭演出的就是 tour，而 go on tour 為一個常用用法。

隨堂小測驗解答

Unit 40

◆ 易混淆字

scatter、expand、spread

scatter、expand、spread 都有「散開」的意思，但是

「他們非常迅速地擴張了他們的事業。」

這句中文裡的「擴張」該用哪一個字？

They _____ their business very quickly.

☐ ① scattered
☐ ② expanded
☐ ③ spread

★ 單字大解密

單字	音標	中文解釋
scat·ter	[ˈskætɚ]	散佈、散播
ex·pand	[ɪkˈspænd]	擴張、擴大
spread	[sprɛd]	散佈、攤開

Selet Your Answer and Go to Next Page ➔

Answer 解答

「他們非常迅速地擴張了他們的事業。」這句中文裡的「擴張」該用哪一個字？

答案：② expanded

解說：關鍵在於「擴張事業」，expand 可指某事物（尺寸、數量、性質等）擴大、增加、膨脹，可用於事業、經濟、空氣、人數等；scatter 則指「播撒」種子、胡椒一些較小性質的粉粒物，或強調四處亂撒、分佈之意；spread 則強調將新聞八卦散佈出去，或疾病、大火蔓延。

★片語大進級

① **to scatter sth around sth** 把……撒播於……周圍

② **to expand on sth** 對……詳述（進一步說明）

③ **to spread out** （人）散開

Test 【隨堂小測驗】

① 請撒一些堅果和起司在我的沙拉上。

Please _____ some nuts and cheese on top of my salad.

② 此病毒極容易藉由飛沫散播。

The virus is easily _____ through droplet.

Unit 41

◆ 易混淆字

further、advance、push

further、advance、push 都有「推進」的意思，但是

「如果你要來拜訪，請事先打給我。」

這句中文裡的「事先」該用哪一個字？

Call me in _____ when you're visiting the city.

☐ ① further
☐ ② advance
☐ ③ push

★單字大解密

單字	音標	中文解釋
fur·ther	[ˋfɝðɚ]	促進、更遠的
ad·vance	[ədˋvæns]	使前進、提前
push	[pʊʃ]	推、推進

Selet Your Answer and Go to Next Page ➡

Answer 解答

「如果你要來拜訪，請事先打給我。」這句中文裡的「事先」該用哪一個字？

答案：② **advance**

解說：關鍵在於「事先」，in advance 為「提前、事先」的固定用法，advance 作動詞用，有「晉升、提升、促進、提前」之意；further 則是兩物相比之下，某一物「較遠」的意思，或有「更進一步」之意，作為動詞用時，則為往遠處或前方前進；push 強調「推」的動作，也有逼迫、催促的意思。

★片語大進級
① **without further ado** 不再浪費時間；立即
② **in advance** 事先、預先、提前
③ **to push off** 滾開；走開

Test 【隨堂小測驗】

① 經理不斷逼我們在下週一前完成計畫的提案。

The manager keeps _____ us to finish the project proposal by next Monday.

② 等妳寄給我們更多資訊後，我們可以再進一步討論。

We can discuss _____ after you send us more information.

② further。further 有「更進一步」的意思。

① pushing。本句有「逼迫、逼退」的意思，故使用 push。

隨堂小測驗解答

NOTE

Chapter 3

外觀感情篇

Unit 42

★易混淆字─

figure、
constitution、
build

figure、constitution、build 都和「身體」有關，但是

「他冬天容易感冒，因為他體質不好。」

這句中文裡的「體質」該用哪一個字？

He is liable to catch a cold in winter because of his poor _____.
☐ ① figure
☐ ② constitution
☐ ③ build

★單字大解密

單字	音標	中文解釋
fi·gure	[ˋfɪgjɚ]	外形、體形
con·sti·tu·tion	[ˌkɑnstəˋtjuʃən]	體質、體格
build	[bɪld]	體格、體型

Selet Your Answer and Go to Next Page ➡

Answer 解答

「他冬天容易感冒，因為他體質不好。」這句中文裡的「體質」該用哪一個字？

答案：② constitution

解說： 關鍵就在於「體質」這個詞，凡是跟身體的健康、體質相關的，皆可使用 constitution；figure 則是指「身材」的外型曲線、輪廓（常用於女性）；而 build 為身體結構與體型大小。

★片語大進級

① **to figure out** 弄明白

② **the Constitution of the United States** 《美國憲法》

③ **to build bridges** 改善或加強不同族群/敵對人士之間的關係

Test 【隨堂小測驗】

① 她在生完第二胎後仍保有好的身材。

She keeps a good _____ after giving birth to her second child.

② 河馬的體型巨大。

A hippo has a heavy _____.

Unit 43

★易混淆字─

beautiful、good-looking、handsome

beautiful、good-looking、handsome 都有「美」的意思，但是

「**讓我們一起欣賞這首優美的歌曲。**」

這句中文裡的「優美」該用哪一個字？

Let's enjoy this _____ piece of music!

□ ① beautiful
□ ② good-looking
□ ③ handsome

★單字大解密

單字	音標	中文解釋
beau·ti·ful	[`bjutəfəl]	美麗的、出色的
good-look·ing	[`gʊd`lʊkɪŋ]	漂亮的、好看的
hand·some	[`hænsəm]	英俊的、健美的

Selet Your Answer and Go to Next Page →

Answer 解答

「讓我們一起欣賞這首優美的歌曲。」這句中文裡的「優美」該用哪一個字？

答案：① beautiful

解說：關鍵就在於「音樂」這個詞，三個字中，只有 beautiful 可用來形容人、事、物的美麗與美好；good-looking 及 handsome 通常用來形容人，good-looking 可形容男生與女生，handsome 多用來形容男生的相貌英俊，若用來形容女生，則表示體格上是「健美的」。

★片語大進級

① **beautiful weather** 極好的天氣

② **a good-looking woman** 漂亮的女人

③ **a handsome profit** 一大筆利潤

Test 【隨堂小測驗】

① 我眼神無法從那帥氣的洋基投手身上移開。

I couldn't take my eyes off that _____ Yankee pitcher.

② 她外表很美，但並不怎麼聰明。

She is _____ but not very bright.

★易混淆字—

neat、clean、tidy

neat、clean、tidy 都有「整潔」的意思，但是

「離開前，你應要把玩具收好。」

這句中文裡的「收好」該用哪一個字？

You're supposed to _____ away your toys before leaving.

☐ ① neat

☐ ② clean

☐ ③ tidy

★單字大解密

單字	音標	中文解釋
neat	[nit]	整潔的、工整的
clean	[klin]	潔淨的、整齊的
ti·dy	[`taɪdɪ]	整潔的、井然有序的

Selet Your Answer and Go to Next Page →

Answer 解答

「離開前，你應要把玩具收好。」這句中文裡的「收好」該用哪一個字？

答案：③ tidy

解說：關鍵就在於「收好」，tidy 當動詞時，可加上 up／away（整理、收拾），此句為把玩具收拾放回原處，故使固定片語 tidy away，tidy 有井然有序的意思；neat 則有「簡潔的」與「工整的」之意，如：字跡；clean 則是「乾淨的」，沒有灰塵或髒污等。

★片語大進級

① **a neat solution** 一個巧妙的解決方法

② **to clean up your act** 改邪歸正

③ **to tidy something away** 將……收起來

Test 【隨堂小測驗】

① 她總是穿著一條乾淨無瑕的白長褲。

She's always wearing a pair of _____ white pants.

② 我姊姊喜歡喝純琴酒。

My sister likes her gin _____.

隨堂小測驗解答

① clean。乾淨沒有污漬、瑕疵，則使用 clean。

② neat。neat 也有「很純的」意思，能夠表達「純的」的意思。

102

Unit 45

★易混淆字—

dress、suit、uniform

dress、suit、uniform 都有「衣服」的意思，但是

「他去工作面試時，穿著正式的藍西裝。」

這句中文裡的「西裝」該用哪一個字？

He wore a formal blue _____ for the job interview.

☐ ① dress

☐ ② suit

☐ ③ uniform

★單字大解密

單字	音標	中文解釋
dress	[drɛs]	連身裙、禮服
suit	[sut]	（一套）衣服、套裝
u·ni·form	[`junə‚fɔrm]	制服、軍服

Selet Your Answer and Go to Next Page ➡

Answer 解答

「他去工作面試時，穿著正式的藍西裝。」這句中文裡的「西裝」
該用哪一個字？

答案：② suit

解說： 關鍵就在於「西裝」，通常成套的套裝為 suit，或特殊成套
服裝，如：diving suit 潛水衣、swimsuit 泳裝等；dress 則
是指連身裙、洋裝、或禮服類的；uniform 則是制服。

★片語大進級

① **to dress down** 穿著低調

② **to suit up** （給……）穿上特種用途的全套衣服（尤指運動服）

③ **military uniform** 軍裝

Test 【隨堂小測驗】

① 可以幫我挑一件婚紗嗎？

Could you help pick up a wedding _____ for me?

② 我討厭穿學校制服。

I hate to wear my school _____.

Unit 46

★易混淆字─

passion、
emotion、feeling

passion、emotion、feeling 都有「感情」的意思,但是

「**他針對她的外表說了很過分的話,**
深深傷害了她的感情。」

這句中文裡的「感情」該用哪一個字?

He hurt her ＿＿＿＿＿＿＿ by saying mean words about her
appearances.

☐ ① passions
☐ ② emotions
☐ ③ feelings

★單字大解密

單字	音標	中文解釋
pas·sion	[ˋpæʃən]	熱情、熱愛
e·mo·tion	[ɪˋmoʃən]	感情、激動
feel·ing	[ˋfilɪŋ]	感覺、感情

Selet Your Answer and Go to Next Page ➡

Answer 解答

「他針對她的外表説了很過分的話，深深傷害了她的感情。」這句中文裡的「感情」該用哪一個字？

答案：③ feelings

解說：關鍵就在於「傷害感情」，to hurt sb's feelings 意指「傷害……的感情」，feeling 為內在感覺或情感，如：孤獨、失望、滿足等，有時能於 emotion 通用；而 emotion 為情緒與表情，如：喜、怒、哀、樂等表情；passion 則是熱情，也只針對某事的「熱愛」。

★片語大進級
① **to have a passion for**　有做……的熱情
② **to express one's emotions**　表達情感
③ **to spare one's feelings**　不去惹（某人）難受

Test【隨堂小測驗】

① 你們一定會處得很好！你們都熱愛搖滾樂。

You guys will get along! You both have a great _____ for rock music.

② 我父親總是面無表情。

My father always shows no _____ on his face.

Unit 47

★易混淆字—

tedious、
boring、tiresome

tedious、boring、tiresome 都有「煩悶」的意思，但是

**「若你想練成六塊腹肌，你應該要做好心理準備，
訓練過程會單調漫長。」**

這句中文裡的「單調漫長」該用哪一個字？

**If you want to get 6 pack abs, be ready that the training
process could be _____.**

☐ ① tedious
☐ ② boring
☐ ③ tiresome

★單字大解密

單字	音標	中文解釋
te·di·ous	[`tidɪəs]	單調乏味的、冗長無趣的
bor·ing	[`borɪŋ]	無聊的、乏味的
tire·some	[`taɪrsəm]	令人疲累的、煩人的

Selet Your Answer and Go to Next Page

Answer 解答

「若你想練成六塊腹肌，你應該要做好心理準備，訓練過程會單調漫長。」這句中文裡的「單調漫長」該用哪一個字？

答案：① tedious

解說： 關鍵就在於「單調漫長」，此題為健身過程要看到一定成效，過程「漫長」，不一定令人反感，tedious 意味著「重複性高、漫長冗長的」意思，但不一定用於形容負面的事（亦可用於負面）；boring 則是形容人事物「令人覺得無聊」，為一個負面詞彙；tiresome 則是「令人疲累的、令人討厭的」之意。

★片語大進級

① **a tedious job** 單調的工作

② **to find sth boring** 覺得……很無聊

③ **to have the tiresome habit of** 有著令人討厭……的習慣

Test 【隨堂小測驗】

① 這個電視節目既無聊又非常種族歧視。

 The TV show is _____ and racist.

② 蘿拉有個令人討厭，喜歡劇透電影結尾的壞習慣。

 Lara has the _____ habit of spoiling the movie ending.

隨堂小測驗解答

① boring。此題形容電視節目「種族歧視的」且「無聊」，故使用 boring，不能使用 tedious 是因為 tedious 有著冗長重複、無趣的意涵，乏味的單調，並非此題本意。

② tiresome。此題形容發 Lara 的壞習慣「令人厭惡」、「令人討厭」，故使用 tiresome 較為合適。

108

★易混淆字—

pleased、
pleasant、
enjoyable

pleased、pleasant、enjoyable 都有「滿意」的意思，但是

「他會很樂意為你的公司提供幫助。」

這句中文裡的「樂意」該用哪一個字？

He will be _____ to offer help to your company.

☐ ① pleased

☐ ② pleasant

☐ ③ enjoyable

★單字大解密

單字	音標	中文解釋
pleased	[plizd]	高興的、滿意的
plea ·sant	[plɛzənt]	令人愉快的、討人喜歡的
en·joy·a·ble	[ɪn`dʒɔɪəbl]	快樂的、有樂趣的

Select Your Answer and Go to Next Page ➔

Answer 解答

「他會很樂意為你的公司提供幫助。」這句中文裡的「樂意」該用哪一個字？

答案：① pleased

解說：關鍵就在於「他很樂意」，三者中只有 pleased 為「某人感到快樂的」「某人很樂意」的意思，以人的感受為出發點；pleasant 也可用於形容人很討喜、或用於形容事物令人感到舒服、愉快，也用於形容天氣宜人；enjoyable 則形容某事物讓你可以「享受」，所以在程度上是非常令人快樂、非常有趣的事物。

★片語大進級

① **to be pleased to** 很樂意（做）……

② **a pleasant climate** 宜人的氣候

③ **a enjoyable game** 一場有趣的比賽

Test 【隨堂小測驗】

① 你見過她的小女兒嗎？她是個非常討喜有禮貌的小女孩。

Have you met her little daughter? She's such a _____ polite girl.

② 這餐真令人享受，每口都讓人驚艷。

It was a very _____ meal. I enjoyed every bite of it.

隨堂小測驗解答

① pleasant 本句為「討喜的」小女孩，所以使用 pleasant，而 enjoyable 雖有令人愉悅的意思，但不可使用 an enjoyable girl。

② enjoyable。雖使用 pleasant 也可行，但本句要表現令人享受的意思，在程度上，重點在使用 enjoyable。

Unit 49

★易混淆字─

quiet、silent、calm

quiet、silent、calm 都有「安靜」的意思，但是

「他以沉著穩重的舉止，輕鬆完成考試。」

這句中文裡的「沉著穩重」該用哪一個字？

He nailed the test in a very _____ manner.
□ ① quiet
□ ② silent
□ ③ calm

★單字大解密

單字	音標	中文解釋
qui·et	[`kwaɪət]	安靜的、平靜的
si·lent	[`saɪlənt]	沈默的、無聲的
calm	[kɑm]	鎮靜的、平靜無波的

Selet Your Answer and Go to Next Page ➔

Answer 解答

「他以沉著穩重的舉止，輕鬆完成考試。」這句中文裡的「沉著穩重」該用哪一個字？

答案：③ calm

解說： 關鍵就在於「沉著穩重」，calm 指事物的平靜與活動力低，如：天氣、自然現象、海平面等，亦指人內在平靜、個性沉穩；quiet 則是指噪音很小、寧靜而非完全無聲，可用於形容人、動物、空間；silent 則是指完全安靜無聲。

★ 片語大進級

① **to keep sth quiet** 對……守口如瓶／保密

② **a silent film** 默劇；無聲電影

③ **in a calm manner** 以沉著穩重的舉止……

Test【隨堂小測驗】

① 在火車上請輕聲說話。

Please speak in a _____ voice when you're on the train.

② 這個鬧鬼的屋子異常的安靜無聲。

The haunted house is preternaturally _____.

② silent。本句為「安靜無聲」，故使用 silent。

① quiet。本句為「輕聲說話」，quiet 可指小聲，但不一定完全沒有聲響。

隨堂小測驗解答

112

Unit 50

★易混淆字——

serious、
solemn、grave

serious、solemn、grave 都有「嚴肅」的意思，但是

「在宗教儀式中，他們播放著莊嚴的音樂。」

這句中文裡的「莊嚴」該用哪一個字？

They played some _____ music in the religious ceremony.

☐ ① serious

☐ ② solemn

☐ ③ grave

★單字大解密

單字	音標	中文解釋
se·ri·ous	[`sırıəs]	嚴重的、嚴肅的
sol·emn	[`saləm]	嚴肅的、莊嚴的
grave	[grev]	嚴肅的、認真的

Selet Your Answer and Go to Next Page

Answer 解答

「在宗教儀式中，他們播放著莊嚴的音樂。」這句中文裡的「莊嚴」該用哪一個字？

答案：② solemn

解說： 關鍵就在於「宗教儀式」，solemn 為「莊嚴的、鄭重的」，多用於宗教相關上，若與 serious 同義則代表臉色、聲音「嚴肅的」；serious 若與 grave 同義，則表示情勢「嚴重」。

★片語大進級

① **to be in serious trouble** 陷入嚴重的困境

② **a solemn promise** 一個鄭重的承諾

③ **a grave situation** 嚴峻的形勢

Test【隨堂小測驗】

① 別再鬧了！我是認真的。

Don't joke around! I'm being _____.

② 他們暴露在極大的輻射風險中。

They're exposed to a _____ risk of radiation.

Unit 51

★易混淆字—

healthy、fit、well

healthy、fit、well 都有「健康」的意思，但是

「**我透過慢跑與做伏地挺身來健身。**」

這句中文裡的「健身」該用哪一個字？

I jog and do push-ups to keep _____.

□ ① healthy

□ ② fit

□ ③ well

★單字大解密

單字	音標	中文解釋
health·y	[ˋhɛlθɪ]	健康的、健全的
fit	[fɪt]	健康的、強健的
well	[wɛl]	健康的、安好的

Selet Your Answer and Go to Next Page ⟶

115

Answer 解答

「我透過慢跑與做伏地挺身來健身。」這句中文裡的「健身」該用哪一個字？

答案：② fit

解說： 關鍵就在於「健身」，fit 強調身體上的「健壯且健康」；healthy 則是可指心理與身體健康，也可指一段關係、經濟等事物「健康的、良好的」；well 除了意思是身體健康之外，也可作副詞使用，形容把事做得好。

★片語大進級

① **a healthy economy** 繁榮的經濟

② **to fit sb/ sth in** 找時間做（或處理）；安排時間見（某人）

③ **to get well** 康復起來

Test 【隨堂小測驗】

① 一段健康的感情最重要的是溝通。

Communication is the key to a _____ relationship.

② 在這種壓力下，他還是把事情處理得很好。

He coped really _____ under such pressure.

Unit 52

★易混淆字—

decision、
resolution、
determination

decision、resolution、determination 都有「決定」的意思,但是

「他太優柔寡斷,無法決定要吃什麼晚餐。」

這句中文裡的「決定」該用哪一個字?

He's too indecisive to make a _____ for dinner.

☐ ① decision
☐ ② resolution
☐ ③ determination

★單字大解密

單字	音標	中文解釋
de·ci·sion	[dɪ`sɪʒən]	決定、決心
re·so·lu·tion	[͵rɛzə`luʃən]	決定、決心
de·ter·mi·na·tion	[dɪ͵tɜˑməˈneʃən]	決心、堅決

Selet Your Answer and Go to Next Page

Answer 解答

「他太優柔寡斷，無法決定要吃什麼晚餐。」這句中文裡的「決定」該用哪一個字？

答案：① decision

解說： 關鍵就在於「做決定」，make a decision 為「做決定」的常用片語，decision 運用最為廣泛，通常考量過得失利弊後，從選項中擇一的選擇；resolution 為下定決心做某件事，也可作為一個組織團體中的決議；determination 為堅決的毅力與決心，也有「查明」的意思。

★片語大進級

① **to make a decision** 做一個決定
② **to adopt a resolution** 通過決議
③ **the determination of sb's whereabouts** 查明某人的下落

Test【隨堂小測驗】

① 你的新年新希望是什麼？

What's your new year _____?

② 國家自主在每個獨立國家中都扮演非常重要的角色。

Self-_____ plays an important role in every independent country.

Unit 53

★易混淆字─

trust、confidence、faith

trust、confidence、faith 都有「信任」的意思，但是

「台灣是個宗教信仰多元的社會。」

這句中文裡的「信仰」該用哪一個字？

Taiwan is a multi-_____ society.
- ☐ ① trust
- ☐ ② confidence
- ☐ ③ faith

★單字大解密

單字	音標	中文解釋
trust	[trʌst]	信任、託管
con·fi·dence	[`kɑnfədəns]	信任、信心
faith	[feθ]	信任、信仰

Selet Your Answer and Go to Next Page ➡

Answer 解答

「台灣是個宗教信仰多元的社會。」這句中文裡的「信仰」該用哪一個字？

答案：③ faith

解說： 關鍵就在於「信仰」，faith 通常為宗教或倫理道德上的信仰、信任；trust 則為相信某人的為人，或把自己或自己的事物託付給他人，也有信託之意，也為三者中，唯一可作動詞使用；confidence 則是信任某人的能力，對他人有信心。

★片語大進級

① **to set up a trust fund** 設立信託基金

② **a confidence trick** 一場騙局

③ **to keep faith with sth/ sb** 對……信任；對……守信

Test 【隨堂小測驗】

① 她對她的公開演講能力非常有信心。

She has the _____ to make a good speech in public.

② 我無法把我的鑰匙託付給他。

I wouldn't _____ him with my keys.

隨堂小測驗解答

① confidence。題裡用了「有信心」，便用的是 confidence。

② trust。此句為動詞用，故只能使用 trust，而將某某物品相信他人或託付給他，也就是使用 trust。

NOTE

Chapter 4
生活場景篇

Unit 54

◆ 易混淆字

cup、glass、mug

cup、glass、mug 都有「杯」的意思，但是

「我們下次應該一起喝杯咖啡。」

這句中文裡的「杯」該用哪一個字？

We should grab a _____ of coffee next time.
□ ① cup
□ ② glass
□ ③ mug

★單字大解密

單字	音標	中文解釋
cup	[kʌp]	杯子、獎杯
glass	[glæs]	玻璃杯、玻璃
mug	[mʌg]	馬克杯、大杯子

Selet Your Answer and Go to Next Page ➡

Answer 解答

「我們下次應該一起喝杯咖啡。」這句中文裡的「杯」該用哪一個字？

答案：① cup

解說： 關鍵就在於「咖啡」這個詞，通常喝咖啡或喝茶，會使用有柄上寬下窄的小杯子 cup；而 glass 專指無柄的玻璃杯，如 a glass of water 一杯水；mug 則是圓筒平底的馬克杯。

★片語大進級

① **to be sb's cup of tea** 為某人所喜好/合某人的心意

② **under glass** 在玻璃溫室裡

③ **to mug up on sth** （考試前）突擊複習

Test 【隨堂小測驗】

① 我在睡前泡了一大杯巧克力牛奶來喝。

I made myself a large _____ of chocolate milk before bed.

② 他倒了一點紅酒在酒杯裡。

He poured some red wine into the wine _____.

124

Unit 55

◆ 易混淆字

painting、
drawing、picture

painting、drawing、picture 都有「畫」的意思，但是

「美術館中的牆上掛滿了油畫。」

這句中文裡的「畫」該用哪一個字？

The walls in the museum are covered in oil _____.

☐ ① paintings
☐ ② drawings
☐ ③ pictures

★單字大解密

單字	音標	中文解釋
paint·ing	[`pentɪŋ]	繪畫（油畫、水彩畫）、油漆
draw·ing	[`drɔɪŋ]	畫畫、素描
pic·ture	[`pɪktʃɚ]	畫像、照片

Selet Your Answer and Go to Next Page ➡

Answer 解答

「美術館中的牆上掛滿了油畫。」這句中文裡的「畫」該用哪一個字？

答案：① paintings

解說： 關鍵就在於「油畫」這兩個字，painting 原為油漆，故色彩繽紛的油畫、水彩畫皆為 painting；drawing 主要偏向鉛筆所繪製的畫；而 picture 泛指一般畫像、圖片或是相片。

★片語大進級

① **watercolor painting** 水彩畫

② **to draw a conclusion** 得出結論

③ **to get the picture** 了解情況

Test 【隨堂小測驗】

① 她很擅長鉛筆畫。

She's good at pencil _____.

② 他利用短曝光法照了幾張相。

He took _____ using a short exposure.

Unit 56

◆ 易混淆字

advice、opinion、proposal

advice、opinion、proposal 都有「意見」的意思，但是

「注意民意所向對政府來說是相當重要的事。」

這句中文裡的「民意」該用哪一個字？

It's important for the government to take notice of public _____.

☐ ① advice

☐ ② opinion

☐ ③ proposal

★單字大解密

單字	音標	中文解釋
ad·vice	[əd`vaɪs]	意見、勸告
o·pin·ion	[ə`pɪnjən]	意見、主張
pro·po·sal	[prə`pozl]	建議、提案

Selet Your Answer and Go to Next Page →

Answer 解答

「注意民意所向對政府來說是相當重要的事。」這句中文裡的「民意」該用哪一個字？

答案：② opinion

解說：關鍵就在於「民意」，public opinion 是民意的固定說法，opinion 為針對某件事的主張或想法；advice 通常為長輩或較有經驗者給予他人的「建議、忠告」；proposal 則強調「提案」，亦有「求婚」之意。

★片語大進級

① **a piece of advice** 一個建議

② **to be a matter of opinion** 看法因人而異、見仁見智

③ **to accept sb's proposal of marriage** 答應某人的求婚

Test 【隨堂小測驗】

① 針對第一份工作該做什麼職位，我的教授給了我一個建議。

My professor gave me a piece of _____ on what position I should take as my first job.

② 我姊姊拒絕了她男友的求婚。

My sister rejected her boyfriend's marriage _____.

① advice。advice 為不可數名詞，故一個建議的固定用法為 a piece of advice，本句為教授給予的忠告，故建議使用 advice。

② proposal。除了提議之外，proposal 也有求婚的意思。

隨堂小測驗解答

Unit 57

◆ 易混淆字

danger、 hazard、risk

danger、hazard、risk都有「險」的意思，但是

「在確保一切都安全之前，我是不會冒任何險的。」

這句中文裡的「險」該用哪一個字？

I won't take any _____ before I make sure it's safe.
☐ ① danger
☐ ② hazard
☐ ③ risk

★單字大解密

單字	音標	中文解釋
dan·ger	[`dendʒɚ]	危險、威脅
haz·ard	[`hæzɚd]	危險、冒險
risk	[rɪsk]	危險、風險

Selet Your Answer and Go to Next Page ➡

Answer 解答

「在確保一切都安全之前，我是不會冒任何險的。」這句中文裡的「險」該用哪一個字？

答案：③ risk

解說： 關鍵就在於「冒險」，take/ run a risk 為「做冒險的事；冒風險」的片語，risk 指的是「風險」；danger 強調「危險的情況」；hazard 則強調「隱憂、危害」通常跟健康有關。

★片語大進級

① **to be in danger** 處於危險中
② **to hazard a guess** 冒險猜測
③ **to be at risk** 冒風險

Test 【隨堂小測驗】

① 請小心開車，別將性命暴露在危險中。

Please drive safe and don't put your life in _____.

② 過量飲酒有害健康。

Drinking too much alcohol is a _____ to your health.

Unit 58

◆ 易混淆字

need、necessity、necessary

need、necessity、necessary 都有「需要」的意思，但是

「如果真的必要的話，你晚上也可以打給我。」

這句中文裡的「必要的」該用哪一個字？

You can call me at night if _____.

☐ ① need

☐ ② necessity

☐ ③ necessary

★單字大解密

單字	音標	中文解釋
need	[`nid]	需要、需求
ne·ces·si·ty	[nə`sɛsətɪ]	需要、必需品
nec·es·sar·y	[`nɛsə͵sɛrɪ]	必需品、必需的

Selet Your Answer and Go to Next Page ➡

Answer 解答

「如果真的必要的話，你晚上也可以打給我。」這句中文裡的「必要的」該用哪一個字？

答案：③ necessary

解說： 關鍵就在於「必要的」，三者中只有 necessary 作為形容詞使用，形容「必要的、必需的」；need 主要當動詞使用，意指「需要（做）……」，若當名詞使用，則為「需求」；necessity 為必需品，或為「需要」的名詞。

★片語大進級

① **to be in need of** 需要……

② **a biological necessity** 生理（人體）需求

③ **to be necessary for/ to** 對……是必要的（必然的）

Test【隨堂小測驗】

① 我現在迫切需要拋開一切好好休息一下。

I badly _____ a rest from all this immediately.

② 真的有必要親自去一趟嗎？

Is there any _____ to go there in person?

隨堂小測驗解答

① need。本句為動詞「需要」，故只能使用 need。

② necessity。「需要」的名詞為 necessity，而 need 若是名詞則強調的是「需求」，故不適合使用 need。

132

Unit 59

◆ 易混淆字

affair、business、matter

affair、business、matter 都有「事情」的意思，但是

「那位已婚男子與那位女演員有婚外情。」

這句中文裡的「婚外情」該用哪一個字？

The married man's having an extramarital _____ with the actress.

☐ ① affair
☐ ② business
☐ ③ matter

★單字大解密

單字	音標	中文解釋
af·fair	[əˋfɛr]	事件、事物、戀愛事件
busi·ness	[ˋbɪznɪs]	事務、本分
mat·ter	[ˋmætɚ]	事情、問題

Selet Your Answer and Go to Next Page ➔

133

Answer 解答

「那位已婚男子與那位女演員有婚外情。」這句中文裡的「婚外情」該用哪一個字？

答案：① affair

解說： 關鍵就在於「婚外情」，affair 除了指「公眾上（通常是被譴責的）事件」之外，也指「外遇、私通、緋聞」；business 則強調商務事件，或是一般私事，如：Mind your own business! 管好你自己的事（不關你的事！）；matter 則為需要被解決的「問題、事件」。

★片語大進級

① **a love affair with sb** 與某人的私情摯愛

② **to be the business** 出色、很棒

③ **as a matter of fact**
   說真的（表示在剛剛說的基礎上再加一點）；事實上

Test 【隨堂小測驗】

① 那不是一個正式的場合，你穿什麼去都沒關係。

   It doesn't _____ what you wear because it's not a formal occasion.

② 問這些私人問題真的很沒禮貌，這事根本與你無關！

   It's rude to ask something so private because it's none of your _____.

① matter。本句為動詞 matter 作為動詞時有「重要、有關係」的意思，當 It doesn't matter, 則為常見用的句子，表示「沒關係、不重要、沒差」。

② business。be none of sb's business 為當為「與……無關」，強調某事是不需時分敞口出的路徑。

隨堂小測驗解答

134

Unit 60

◆ 易混淆字

occupation、
vocation、work

occupation、vocation、work 都有「工作」的意思,但是
「期末考前,我需要再加強數學。」
這句中文裡的「加強」該用哪一個字?

I need to _____ on mathematics before the final exam.
☐ ① occupation
☐ ② vocation
☐ ③ work

★單字大解密

單字	音標	中文解釋
oc·cu·pa·tion	[ˌɑkjəˋpeʃən]	工作、職業
vo·ca·tion	[voˋkeʃən]	事務、本分
work	[wɝk]	事情、問題

Selet Your Answer and Go to Next Page →

Answer 解答

「期末考前，我需要再加強數學。」這句中文裡的「加強」該用哪一個字？

答案：③ work

解說： 關鍵就在於「work on」，work 在此當動詞使用，work on 有「努力加強、修補」之意，做名詞用時，可為「工作、努力、心力」；occupation 指的時為謀生而從事的「職業、工作」，也有「佔領」意思；vocation 則有「（工作上）使命、天職」之意。

★片語大進級

① **to be in occupation of** 佔領、居住、佔用（某處）

② **to have a vocation for** （通常指工作上）對……有使命感

③ **to work on sth** 修理；改善

Test 【隨堂小測驗】

① 那位有型男子的職業是平面設計師。

The stylish guy is a graphic designer by _____.

② 她很重視教育，對於教學有一種使命感。

She values education and has a _____ for teaching.

隨堂小測驗解答

① occupation。by occupation 代表「職業為……」。

② vocation。強調的是工作上的「使命感」。

136

Unit 61

◆ 易混淆字

medicine、drug、pill

medicine、drug、pill 都有「藥」的意思，但是

「現今，毒品成癮問題是一大隱憂。」

這句中文裡的「毒品」該用哪一個字？

_____ addiction is a growing concern nowadays.

- ☐ ① Medicine
- ☐ ② Drug
- ☐ ③ Pill

★單字大解密

單字	音標	中文解釋
med·i·cine	[ˈmɛdəsn]	內服藥、醫學
drug	[drʌg]	藥品、毒品
pill	[pɪl]	藥丸、避孕藥

Selet Your Answer and Go to Next Page →

Answer 解答

「現今，毒品成癮問題是一大隱憂。」這句中文裡的「毒品」該用哪一個字？

答案：② **Drug**

解說：關鍵就在於「毒品」，drug 為藥品，且強調製成藥物的藥品原始材料，也常指「毒品」；medicine 則是指「醫學」或「內服藥品」；pill 則是指一顆一顆的小粒藥丸，也指避孕藥。

★片語大進級
① **Western medicine** 西方醫學（西醫）
② **drug therapy** 藥物治療
③ **a sleeping pill** 安眠藥

Test 【隨堂小測驗】

① 我每天都吃多種的維他命藥丸。

I take various vitamin _____ everyday.

② 針灸是中醫的其中一種治療手法。

Acupuncture is one of the therapies from Tradition Chinese _____ .

隨堂小測驗解答

① pills。藥丸為複數，本句因為多種，所以須用複數。

② medicine。從本句 medicine 我們就是要翻譯「Traditional Chinese medicine 則為中醫。

138

Unit 62

◆ 易混淆字

disease、illness、sickness

disease、illness、sickness 都有「病」的意思，但是

「**他與自身的心理疾病抗爭多年。**」

這句中文裡的「疾病」該用哪一個字？

He's been battling with mental _____ for years.

□ ① disease
□ ② illness
□ ③ sickness

★單字大解密

單字	音標	中文解釋
di·sease	[dɪˋziz]	疾病、弊病
ill·ness	[ˋɪlnɪs]	疾病、患病
sick·ness	[ˋsɪknɪs]	患病、噁心

Selet Your Answer and Go to Next Page

Answer 解答

「他與自身的心理疾病抗爭多年。」這句中文裡的「疾病」該用哪一個字？

答案：② illness

解說： 關鍵就在於「心理」，mental illness 是心理疾病的固定用法，illness 與 disease 都泛指疾病、病症，但 illness強調「病人主觀的感受」，而 disease 為醫生診斷出「具體客觀且存在的病症」，如：心臟病；sickness 則是指一時或急性的「生病不適」，也指「噁心嘔吐」。

★片語大進級
① **heart disease** 心臟病
② **mental illness** 精神病
③ **morning sickness** （孕婦）吐、噁心

Test 【隨堂小測驗】

① 吃了攤販不衛生的食物造成嚴重的腹瀉與嘔吐。

Eating unclean food from the vendor causes serious diarrhea and _____.

② 她年紀輕輕就被診斷出萊姆病。

She was diagnosed with Lyme _____ at a young age.

② disease。萊姆病的重點在於病為 Lyme disease。

① sickness。本句我的解釋，吃到不乾淨的食物導致的「噁心嘔吐」，故使用 sickness。

隨堂小測驗解答

140

Unit 63

◆ 易混淆字

room、space、place

room、space、place 都有「位置」的意思，但是

「我邀請我的朋友到我家來共進晚餐。」

這句中文裡的「家」該用哪一個字？

I invited my friends to dine at my _____.

□ ① room

□ ② space

□ ③ place

★單字大解密

單字	音標	中文解釋
room	[rum]	房間、空間
space	[spes]	空間、場所
place	[ples]	地點、位置

Selet Your Answer and Go to Next Page ➡

141

Answer 解答

「我邀請我的朋友到我家來共進晚餐。」這句中文裡的「家」該用哪一個字?

答案:③ place

解說: 關鍵就在於「家」,place 除了有「某地方、地點、位置」的意思之外,也有「家、居住處、特定空間」的意思;room 與 space 都有「空間」的意思,而 room 也指「房間」。

★片語大進級

① **no room for sth** 無法容忍;不能容許

② **a waste of space** 廢物,無用的人

③ **all over the place** 凌亂,雜亂

Test【隨堂小測驗】

① 我試著把臥室佈置成義大利的風格。

I tried to decorate my bed_____ in an Italian style.

② 愛因斯坦的廣義相對論是跟時空有關的理論。

Einstein's General Relativity is a theory about _____-time.

【隨堂小測驗解答】

① room。我的臥室。

② space。除了空間的意思之外,也有時空或太空,也指間隔或空間(時空)則為 space-time。

Unit 64

◆ 易混淆字

sign、
symbol、mark

sign、symbol、mark 都有「標記、記號」的意思，但是

「所有數據都顯示了今年有進步的跡象。」

這句中文裡的「跡象」該用哪一個字？

All data has shown a _____ of improvement this year.
☐ ① sign
☐ ② symbol
☐ ③ mark

★單字大解密

單字	音標	中文解釋
sign	[saɪn]	記號、手勢、徵兆
sym·bol	[ˋsɪmbl]	記號、象徵
mark	[mɑrk]	記號、污點

Selet Your Answer and Go to Next Page ➔

Answer 解答

「所有數據都顯示了今年有進步的跡象。」這句中文裡的「跡象」該用哪一個字？

答案：① sign

解說：關鍵就在於「跡象」，sign 與 mark 都有肉眼可見之記號、壓痕等，但 sign 更強調有象徵性意義的記號，且有「徵兆、跡象」的意思，如本題，而 mark 只是一般的記號或是污漬；symbol 則是指「代表、象徵、符號」。

★片語大進級

① **to sign for** 簽收

② **status symbol** 地位的象徵；身份的象徵

③ **to mark sth out** 畫出；畫線標出

Test 【隨堂小測驗】

① 氫的化學元素符號是 H。

The _____ for hydrogen is H.

② 吃完午餐後，他的白色帽 tee 上多了些污漬。

There were dirty _____ on his white hoodie after lunch.

② marks。mark 是三者中，唯一可表示痕跡、污漬的字。

① symbol。符號通常會使用 symbol，比較偏向其權威性而原本內在的「權威、批示」之意。

隨堂小測驗解答

Unit 65

◆ 易混淆字

condition、situation、status

condition、situation、status 都有「情況」的意思，但是

「我會繼續做這份工作，但條件是加薪有談判的空間。」

這句中文裡的「條件」該用哪一個字？

I'll stay at this job on _____ that I can negotiate for better salary.

☐ ① condition
☐ ② situation
☐ ③ status

★單字大解密

單字	音標	中文解釋
con·di·tion	[kən`dıʃən]	情況、條件
sit·u·a·tion	[ˌsɪtʃʊ`eʃən]	情況、處境
sta·tus	[`stetəs]	情況、地位

Selet Your Answer and Go to Next Page →

145

Answer 解答

「我會繼續做這份工作，但條件是加薪有談判的空間。」這句中文裡的「條件」該用哪一個字？

答案：① condition

解說： 關鍵就在於「條件」，condition 指的是物體、生物、環境的狀況，也有「條件」的意思；situation 指的則是事情、事件的「處境、狀態」；status 也指事情的狀態，而也有「地位」的意思。

★片語大進級

① **to be out of condition**
（由於缺乏鍛鍊或運動而導致）身體狀況不佳、不在狀況內

② **situation comedy** 情境喜劇

③ **high/ low status** 很高／很低的地位

Test【隨堂小測驗】

① 自從該政黨贏得選舉後，政治形勢變得穩定很多。

The political _____ is more stable now after the party won the election.

② 你的社會地位無法代表你的人格。

Your social _____ doesn't represent your character.

② status。本句為「地位」的意思，故使用 status。

① situation。political/ economic situation 為政治／經濟形勢、局面的意思，用於 situation 用來表事情的狀況或處境。

隨堂小測驗解答

146

Unit 66

◆ 易混淆字

energy、power、strength

energy、power、strength 都有「力」的意思，但是

「犯錯後道歉是堅強而非軟弱的表現。」

這句中文裡的「堅強」該用哪一個字？

It's a sign of _____ instead of weakness to apologize when you do something wrong.

☐ ① energy

☐ ② power

☐ ③ strength

★單字大解密

單字	音標	中文解釋
en·er·gy	[ˋɛnɚdʒɪ]	精力、活力、能量
pow·er	[ˋpaʊɚ]	權力、能力、動力
strength	[strɛŋθ]	力量、力氣、強項

Selet Your Answer and Go to Next Page →

Answer 解答

「犯錯後道歉是堅強而非軟弱的表現。」這句中文裡的「堅強」該用哪一個字？

答案：③ strength

解說：關鍵就在於「堅強非軟弱」，strength 指的是肌肉、體能的「強韌度」及「個性的堅強」，強調「承受」的力量，也指某人的「優勢、強項」；energy 強調的是可因為消耗就降低的「能量、精力」；power 為最常見代表「力量」的字，也有「權力」「影響力」的意思。

★片語大進級

① **solar energy** 太陽能

② **to power through sth** 保持頑強堅定直到最後

③ **to gather up strength** 鼓足幹勁

Test 【隨堂小測驗】

① 政府在執政四年後，做了很多改變。

The government made a lot of changes after four years in _____.

② 下局開打前，你應該先保存體能。

You should be saving all your _____ for the next round.

---

② energy。我很疲憊的原因是沒有 save the energy。

① power。to be in power 是指握有權力的意思，可以表示政府「執政」。

隨堂小測驗解答

◆ 易混淆字

line、thread、string

line、thread、string 都有「線」的意思，但是

「他們在門上掛了一串洋蔥來避邪。」

這句中文裡的「串」該用哪一個字？

They hung a _____ of onions over the door to expel the evil.
☐ ① line
☐ ② thread
☐ ③ string

★單字大解密

單字	音標	中文解釋
line	[laɪn]	線、線條
thread	[θrɛd]	線、一絲
string	[strɪŋ]	線、細繩

Selet Your Answer and Go to Next Page →

Answer 解答

「他們在門上掛了一串洋蔥來避邪。」這句中文裡的「串」該用哪一個字？

答案：③ string

解說： 關鍵就在於「串」，a string of 表示「一串」，string 通常為韌度較高的線，由許多 thread 編織而成，string 也指吉他上的弦；thread 指的是縫紉用針線的線，通常較細，有棉質、絲質、尼龍等⋯⋯，也可指「思路」；line 則指實際上畫出來的線，後也衍生為「電話線路、（捷運等）交通線路、戰線、路線」，也指「排隊的隊伍」。

★片語大進級

① **to line sth up** 準備；組織；安排
② **needle and thread** 針線
③ **a string of** 一串

Test 【隨堂小測驗】

① 請排隊不要推擠。

Please get in _____ and stop pushing.

② 我不喜歡這部電影，因為劇情的主線很模糊不清。

I don't enjoy this film. The main _____ of the plot is ambiguous.

② thread。thread 也指思路、筆者的主線。

① line。本句指的是排隊、隊伍，故使用 line。

隨堂小測驗解答

Unit 68

◆ 易混淆字

examination、
test、quiz

examination、test、quiz 都有「考試」的意思，但是

「**電視上有一些智力競賽節目蠻有趣的。**」

這句中文裡的「智力競賽」該用哪一個字？

Some television _____ shows are entertaining.
□ ① examination
□ ② test
□ ③ quiz

★單字大解密

單字	音標	中文解釋
ex·am·i·na·tion	[ɪgˌzæməˋneʃən]	考試、檢查
test	[tɛst]	測驗、小考
quiz	[kwɪz]	測驗、益智競賽

Selet Your Answer and Go to Next Page

151

Answer 解答

「電視上有一些智力競賽節目蠻有趣的。」這句中文裡的「智力競賽」該用哪一個字？

答案：③ quiz

解說： 關鍵就在於「智力競賽」，quiz 一般指的是非正式的隨堂測驗，也指益智競賽；examination 指的是較為正式的考試，如：入學考，也有「檢查」的意思；test 則是泛指所有小考、小測驗、測試、化驗。

★片語大進級

① **external examination** 由校外人士主持的考試

② **to test sth out** 測試（理論或想法）

③ **a pop quiz** 突擊測驗

Test 【隨堂小測驗】

① 新的藥還在進行測試。

The new drug is still undergoing some _____.

② 警方仍然在對證物進行調查中。

The exhibit is still under _____ by the police.

① tests。test 有「測試、化驗」的意思，如：blood test 驗血。

② examination。under examination 為正在進行中調查（檢查）。

隨堂小測驗解答

NOTE

Chapter 5

事物形容篇

Unit 69

◆ 易混淆字

especial、
special、specific

especial、special、specific 都有「特殊」的意思，但是

「這首歌是特地為自閉症兒童而製作。」

這句中文裡的「特地」該用哪一個字？

This song is composed _____ for children on autism spectrum.
- ☐ ① especially
- ☐ ② special
- ☐ ③ specific

★單字大解密

單字	音標	中文解釋
es·pe·cial·ly	[ə`spɛʃəlɪ]	特別的、特有的
spe·cial	[`spɛʃəl]	特別的、專門的
spe·ci·fic	[spɪ`sɪfɪk]	特殊的、明確的

Selet Your Answer and Go to Next Page ➤

Answer 解答

「這首歌是特地為自閉症兒童而製作。」這句中文裡的「特地」該用哪一個字？

答案：① especially

解說：關鍵就在於「特地為」，especially 有「專門為特定某人事物而做」的含義；special 則是泛指「特別的」，比平常更為特別的晚餐、一天、一件衣服等……；specific 則為「具體的、明確的」，指出特定的人事物。

★片語大進級

① **especially for sb** 特地為某人……

② **to be nothing special** 並不優秀（漂亮）；毫無特別之處

③ **a non-specific symptom** 非特異的疾病／症狀

Test 【隨堂小測驗】

① 情人節我要為我的女朋友準備一頓特別的晚餐。

I'll prepare a _____ dinner for my girlfriend on Valentine's Day.

② 這本當地旅遊雜誌只介紹特定那區域的相關資訊。

This local traveling magazine contains _____ information for that region.

隨堂小測驗答案

① special。本句是因為情人節，而準備了比平常來說較為「特別的晚餐」，故使用 special，表現此空缺為 an，要用 especial 並可。

② specific。本句指出只介紹「特定的那種」，那個區域的資訊，故使用 specific。

156

◆ 易混淆字

fast、quick、soon

fast、quick、soon 都有「快」的意思,但是

「不好意思,可以簡短的跟你說幾句話嗎?」

這句中文裡的「簡短的」該用哪一個字?

Excuse me! Could I have a _____ word with you?
- □ ① fast
- □ ② quick
- □ ③ soon

★單字大解密

單字	音標	中文解釋
fast	[fæst]	迅速的、快速的
quick	[kwɪk]	迅速的、敏捷的
soon	[sun]	很快地、不久

Selet Your Answer and Go to Next Page

Answer 解答

「不好意思，可以簡短的跟你説幾句話嗎？」這句中文裡的「簡短的」該用哪一個字？

答案：② quick

解說： 關鍵就在於「簡短的」，quick 是有時間性的，指短時間內快速完成的動作，如本題：「簡短又快速的」借幾句話；fast 指的是「行動、運動」的速度快，可作形容詞與副詞；soon 則為副詞，指的是「不久」。

★片語大進級

① **to fast-talk** 用花言巧語説服、自誇地説

② **to be quick fire** 接二連三的

③ **to speak too soon** 過早下結論

Test【隨堂小測驗】

① 我最愛的歌手不久後就會發行新專輯。

My favorite singer will put out her new album _____.

② 殺人兇手已經在逃了，我們必須快點行動。

The murderer is on the run. We must act _____.

隨堂小測驗解答

① soon。本句為副詞，表示「不久後」，單純修飾發行。

② fast。動作是行動上的速度快，使用的是 fast，如：殺很快的 run fast、你要快行動 act fast。

158

Unit 71

◆ 易混淆字

also、too、either

also、too、either 都有「快」的意思，但是

「我們不被允許進入那個房間，你也是。」

這句中文裡的「也」該用哪一個字？

We're not allowed to enter this room. You aren't, _____.

☐ ① also
☐ ② too
☐ ③ either

★單字大解密

單字	音標	中文解釋
al·so	[`ɔlso]	也、而且
too	[tu]	也、而且
ei·ther	[`iðə]	也、而且

Selet Your Answer and Go to Next Page ➔

Answer 解答

「我們不被允許進入那個房間，你也是。」這句中文裡的「也」該用哪一個字？

答案：③ either

解說：關鍵就在於「不被允許」，either 雖有「也」的意思，但只能用與否定句；too 為「也」之意時，則用於肯定句，一樣放於句尾；also 則常放於主要動詞前或 be 動詞後。

★片語大進級

① **not only...but also...** 不但……而且……

② **in too deep** 身陷困境

③ **in either event** （強調出乎意料）結果，到頭來（卻）；結果竟然

Test 【隨堂小測驗】

① 我是個作家，也是個 UI 介面設計師。

I'm a writer, and I _____ works as an UI designer.

② 我也想參加那個派對。

I'd like to join the party _____.

隨堂小測驗解答

① also。本句的「也」放於一般動詞前，所以使用 also 較為恰當，若要使用 too，則應放於句末較為妥當。

② too。本句的「也」放於句末，且為肯定句，故使用 too。

Unit 72

◆ 易混淆字

hardly、
barely、rarely

hardly、barely、rarely 都有「少」的意思，但是

「太陽在冬天很少露面。」

這句中文裡的「很少」該用哪一個字？

The sun _____ comes out in winter.
□ ① hardly
□ ② barely
□ ③ rarely

★單字大解密

單字	音標	中文解釋
hard·ly	[`hɑrdlɪ]	幾乎不、艱難地
bare·ly	[`bɛrlɪ]	幾乎沒有、僅僅有
rare·ly	[`rɛrlɪ]	很少、不常地

Selet Your Answer and Go to Next Page
→

Answer 解答

「太陽在冬天很少露面。」這句中文裡的「很少」該用哪一個字？

答案：③ rarely

解說： 關鍵就在於「很少露面」，rarely 強調的是「頻率上」很少或難得，跟 seldom 意思接近；hardly 則是指「程度上」很少，有「幾乎不」或「艱難地」之意；barely 表示「數量上」很少，差點就不夠，免強夠。

★片語大進級

① **to hardly ever do sth** 幾乎從不做某事

② **to barely have enough to V** 差點不夠（錢）做某事

③ **to rarely see sb** 與某人很少見面

Test【隨堂小測驗】

① 她幾乎無法聽到他的氣音耳語。

 _____ could she hear his whisper.

② 我們幾乎差點付不起房租。

 We _____ have enough money to pay for the rent.

◆ 易混淆字

small、little、tiny

small、little、tiny 都有「小」的意思，但是

**「如果你想要熟練此技術，你只能慢慢一點一滴地
學習。」**

這句中文裡的「一點一滴地」該用哪一個字？

**If you want to master the skill, you need to learn _____ by
_____.**

☐ ① small
☐ ② little
☐ ③ tiny

★單字大解密

單字	音標	中文解釋
small	[smɔl]	小的、少的
lit·tle	[ˋlɪtl]	小的、小巧的
ti·ny	[ˋtaɪnɪ]	極小的、微小的

Selet Your Answer and Go to Next Page ➡

Answer 解答

「如果你想要熟練此技術，你只能慢慢一點一滴地學習。」這句中文裡的「一點一滴地」該用哪一個字？

答案：② little

解說：關鍵就在於「學習」，little 本身也可作為副詞使用，代表「程度上」一點點地、少量地、逐漸地，若用於形容東西少或小，為較主觀的感受；而 small 則是「具體」可比較的情況下，體積相對小的；tiny 強調「極小的」。

★片語大進級

① **small fry** 無足輕重的人（或事物）

② **to make little of sth** 輕視，忽視

③ **teeny-tiny** 極小的、極微量的

Test【隨堂小測驗】

① 「你要哪個包包？」「我要那個比較小的。」。

"Which bag do you want?" "I'll take the ＿＿＿ one."

② 我們遲到，因為我們的車子早上出了一點小問題。

We were late because there was a teeny-＿＿＿ problem with our car this morning.

隨堂小測驗解答

① smaller。兩者相比之下，「較小的」使用形容詞且較長的 small，本句為比較級，故 smaller。

② tiny。teeny-tiny 為一慣用的形容詞用法，表示「極微小的」。

Unit 74

◆ 易混淆字

many、much、 a lot of

many、much、a lot of 都有「多」的意思，但是

「關於此議題的資訊很少，因為他們說得並不多。」

這句中文裡的「多」該用哪一個字？

There's little information about the issue because they don't say _____ about it.

☐ ① many
☐ ② much
☐ ③ a lot of

★單字大解密

單字	音標	中文解釋
ma·ny	[ˋmɛnɪ]	多的、許多的
much	[mʌtʃ]	多的、許多的
a lot of	[əˋlɑtəv]	多、許多

Selet Your Answer and Go to Next Page

Answer 解答

「關於此議題的資訊很少,因為他們說得並不多。」這句中文裡的「多」該用哪一個字?

答案:② much

解說:關鍵就在於「說」,much 用來修飾不可數名詞,而 many 則用來修飾可數名詞;a lot of 則可修飾兩者,若此題改為「...they don't say a lot about it.」也可。

★片語大進級

① **in so many words** 明確地

② **as much as** 幾乎,差不多

③ **to take a lot out of sb** 使(某人)筋疲力盡

Test【隨堂小測驗】

① 你有幾個學生?

How _____ students do you have?

② 新開幕的店有很多的人。

There are _____ people in the newly opened store.

隨堂小測驗解答

① many。本句 students 為可數名詞,故使用 many,而詢問「有多少⋯⋯」的固定用法為「How many...」。

② many/ a lot of。people 為複數可數名詞,故可使用 many 與 a lot of。

166

Unit 75

◆ 易混淆字

over、above、on

over、above、on 都有「上」的意思，但是

「**這個小孩跳躍過障礙物。**」

這句中文裡的「越過」該用哪一個字？

The kid jumped _____ the obstacle.

□ ① over

□ ② above

□ ③ on

★單字大解密

單字	音標	中文解釋
o·ver	[`ovɚ]	在⋯⋯之上、超過
a·bove	[ə`bʌv]	在⋯⋯之上、超過
on	[ɑn]	在⋯⋯之上、附在⋯⋯之上

Selet Your Answer and Go to Next Page →

167

Answer 解答

「這個小孩跳躍過障礙物。」這句中文裡的「越過」該用哪一個字？

答案：① over

解說： 關鍵就在於「越過」，over 有「從一邊到另一邊（橫跨）、覆蓋」的意思，或與 under 相對，指上方；above 表示在較高的上方，並無橫跨的含義，如：天空；on 則指「在上面」，通常有面與面的接觸。

★片語大進級

① **voice-over** 旁白

② **to rise above sth** 克服；擺脫

③ **right on** 好的；行；對

Test 【隨堂小測驗】

① 請針對上述的問題回覆。

Please reply to the question written _____.

② 有人放了一塊蛋糕在你桌上。

Someone put a cake _____ your desk.

Unit 76

◆ 易混淆字

level、
smooth、flat

level、smooth、flat 都有「平」的意思，但是

「該如何確保啤酒不要容易沒氣？」

這句中文裡的「沒氣」該用哪一個字？

How do you keep your beer from going _____?

☐ ① level

☐ ② smooth

☐ ③ flat

★單字大解密

單字	音標	中文解釋
le·vel	[ˋlɛvl]	水平的、平穩的
smooth	[smuð]	平滑的、平坦的
flat	[flæt]	平坦的、洩氣的

Selet Your Answer and Go to Next Page

Answer 解答

「該如何確保啤酒不要容易沒氣？」這句中文裡的「沒氣」該用哪一個字？

答案：③ flat

解說：關鍵就在於「啤酒」，flat 除了「平坦的、扁平的」，也可形容飲料「沒氣的」或是麵包「未發酵的」，也用於形容心情與態度「不積極的、無熱情的」；level 則強調「程度上、高度上」兩者有相同水平，以及物品是否放的「水平、平穩」；smooth 則強調「光滑平坦的」，如：皮膚。

★片語大進級

① **to be level with** 某物與某物處於同一高度

② **to smooth sth out** 消除；緩和

③ **flat rate** 統一價格；定額收費

Test 【隨堂小測驗】

① 拍照前，你應該檢查你的相機是否放置水平。

Before taking the picture, you should check if your camera is _____.

② 這碗義大利麵口感細膩順滑，有香濃的奶油味。

The pasta tastes _____ and creamy.

Unit 77

◆ 易混淆字

average、common、ordinary

average、common、ordinary 都有「一般」的意思，但是

「這對情侶擁有對未來共同的目標。」

這句中文裡的「共同」該用哪一個字？

The couple share a _____ goal for the future.

☐ ① average
☐ ② common
☐ ③ ordinary

★單字大解密

單字	音標	中文解釋
av·er·age	[ˋævərɪdʒ]	平均的、普通的
com·mon	[ˋkɑmən]	普通的、共通的
or·di·nar·y	[ˋɔrdn͵ɛrɪ]	普通的、平常的

Selet Your Answer and Go to Next Page ➡

171

Answer 解答

「這對情侶擁有對未來共同的目標。」這句中文裡的「共同」該用哪一個字？

答案：② common

解說： 關鍵就在於「共同」，common 除了指常態、常見、常常發生的事之外，也有兩者（以上）之間具有的共通點；average 跟 ordinary 都有「普通的、正常的、一般的」意思，主要差別在於，average 於數學或統計上，可指平均、平均數，而 ordinary 有強調「平凡的」之意。

★片語大進級

① **to average out** 數量相當；達到平衡

② **common knowledge** 常識

③ **out of the ordinary** 不尋常

Test【隨堂小測驗】

① 我睡眠時間不穩定，但平均來說，我每晚睡六小時。

My sleep hour is variable, but I have 6 hours of sleep on _____ per night.

② 她在日本的最後一場表演不同凡響。

Her last show in Japan was no _____ performance.

隨堂小測驗解答

① average。on average 是「平均上」的固定用法。

② ordinary。ordinary 是「平凡的」，要表現「非凡」，放在 ordinary 與前面以 no 來否定，就可將 no ordinary performance 改為 extraordinary performance。

172

Unit 78

◆ 易混淆字

variable、
various、different

variable、various、different 都有「不同」的意思，但是

「**雖然他們是雙胞胎，但是他們的個性截然不同。**」

這句中文裡的「不同」該用哪一個字？

Although they are twins, their characters are completely
_____.

☐ ① variable

☐ ② various

☐ ③ different

★單字大解密

單字	音標	中文解釋
var·i·a·ble	[ˋvɛrɪəbl]	可變的、多變的
var·i·ous	[ˋvɛrɪəs]	各樣的、不同的
dif·fer·ent	[ˋdɪfərənt]	不同的、各種的

Selet Your Answer and Go to Next Page →

Answer 解答

「雖然他們是雙胞胎，但是他們的個性截然不同。」這句中文裡的「不同」該用哪一個字？

答案：③ different

解說：關鍵就在於「個性不同」，different 與 various 都可指不同種類的人事物，但 different 強調 A 與其他事物不同之處，而 various 則強調「多樣」且有不同的選擇；variable 則是指「有變數的、多變的、反覆的」，也可作名詞「變數」，常用於統計學或數學中。

★片語大進級

① **dependent/ independent variable** 因變數／自變數

② **various and sundry** 各種各樣的，許多不同的

③ **to be in a different league** 遠遠好於，遠遠勝過

Test【隨堂小測驗】

① 我們提供給客戶各式各樣的設計藍圖做選擇。

We have _____ and sundry design plans for the customer to choose from.

② 因為溫室效應的關係，今年的氣候最為詭譎多變。

The weather is at its most _____ this year because of greenhouse effect.

NOTE

Chapter 6

商業經營篇

Unit 79

★易混淆字─

chance、
opportunity、
occasion

chance、opportunity、occasion 都有「機會」的意思，但是

「她還活著的機會不大。」

這句中文裡的「機會」該用哪一個字？

There's a slim _____ that she's still alive.
☐ ① chance
☐ ② opportunity
☐ ③ occasion

★單字大解密

單字	音標	中文解釋
chance	[tʃæns]	機會、運氣
op·por·tu·ni·ty	[ˌɑpəˈtjunətɪ]	機會、良機
oc·ca·sion	[əˈkeʒən]	機會、（適當的）時機

Selet Your Answer and Go to Next Page ➡

Answer 解答

「她還活著的機會不大。」這句中文裡的「機會」該用哪一個字？

答案：① chance

解說： 關鍵就在於「活著的機會（可能性）」，chance 強調的是「僥倖」的機會或運氣，通常是偶然的，而 chance 也指「機率」與「可能性」；opportunity 則強調人為可掌握的機會，有期待、願望的意味；occasion 則主要是「時機」的意思，強調適當的時機或場合。

★片語大進級

① **on the off chance** 抱著一線希望；僥倖一試

② **to miss the opportunity** 錯過機會

③ **to rise to the occasion** 臨危不亂；成功應對困難

Test 【隨堂小測驗】

① 她一畢業就得到了那間公司的工作機會。

She was offered a job _____ to work in the company after graduation.

② 現在跟她討論如此複雜的議題真的不是時候。

It isn't the best _____ to discuss such complicated issue with her.

Unit 80

★易混淆字——

method、way、manner

method、way、manner 都有「方法」的意思，但是

「這位教授的新教學方法鼓勵學生表達自我。」

這句中文裡的「方法」該用哪一個字？

The professor's new teaching _____ encourage students to express themselves.
□ ① methods
□ ② ways
□ ③ manners

★單字大解密

單字	音標	中文解釋
meth·od	[ˋmɛθəd]	方法、辦法
way	[we]	方法、方式
man· ner	[ˋmænɚ]	方法、方式

Selet Your Answer and Go to Next Page ➞

Answer 解答

「這位教授的新教學方法鼓勵學生表達自我。」這句中文裡的「方法」該用哪一個字？

答案：① methods

解說： 關鍵就在於「教學方法」，method 通常指「有系統、有規劃」的方法，通常經過設計或有一定程序，故學術方面，如教學法，則使用 method；way 泛指所有方式及方法，通常可取代另外兩字；manner 則指完成事情的方法、方式，也有「態度、舉止、禮貌」的意思。

★ 片語大進級

① **to resort to a strong-arm method** 採取強制手段

② **to talk your way out of sth**
透過說話／辯解而避免做某事或從 困境中解脫

③ **in a manner of speaking** 不妨說；在某種意義上

Test 【隨堂小測驗】

① 服務生發現那桌沒給小費之後，態度就馬上變了。

The waiter's _____ changed once he found out the table didn't tip.

② 我喜歡她打扮的方式。

I like the _____ she dresses herself.

隨堂小測驗解答

① manner。此句為「態度」，而三個字中，只有 manner 可以表示不能直接被翻成「態度」的 的意思。

② way。本句的 way 雖然翻譯為「方式」，但 way 有「樣式」的意涵，代表某人獨特的風格或動作的方式，例：the way she walks 她走路的方式、the way she talks 她談話的方式。

180

Unit 81

★易混淆字—

meet、
meeting、party

meet、meeting、party 都有「聚會」的意思,但是
「你想要跟我去看游泳比賽嗎?」
這句中文裡的「比賽」該用哪一個字?

Would you come with me to a swim _____?
□ ① meet
□ ② meeting
□ ③ party

★單字大解密

單字	音標	中文解釋
meet	[mit]	集會、競賽
meet·ing	[mitɪŋ]	會議、集會
part·y	[ˋpartɪ]	集會、派對

Selet Your Answer and Go to Next Page →

Answer 解答

「你想要跟我去看游泳比賽嗎？」這句中文裡的「比賽」該用哪一個字？

答案：① meet

解說： 關鍵就在於「游泳比賽」，meet 平常多數當動詞使用，有「會面、遇到」等意思，當名詞則主要指運動項目的「比賽」；meeting 主要是「會議」的意思，或是由多數人聚集一起討論或決定事情的「聚會」；party 通常為社交性的宴會或派對。

★片語大進級

① **a track meet** 田徑運動會

② **to have a meeting** 開會

③ **to spoil sb's party** 使（某人）掃興、掃（某人）的興

Test 【隨堂小測驗】

① 請準備好綠色能源的相關簡報，明天會議使用。

Please prepare some slides on green energy for tomorrow's _____.

② 明晚我們要辦一場睡衣派對。

We're throwing a pajamas _____ tomorrow night.

隨堂小測驗解答

① meeting。此句為「會議」，「會議」有「會議」以及「開會」的意思。

② party。睡衣派類為 pajamas party。

Unit 82

★易混淆字―

pattern、
model、example

pattern、model、example 都有「模範」的意思，但是

「那個穿花朵圖案長褲的女生是個平面設計師。」

這句中文裡的「圖案」該用哪一個字？

The woman wearing a floral _____ trousers is a graphic designer.

☐ ① pattern
☐ ② model
☐ ③ example

★單字大解密

單字	音標	中文解釋
pat·tern	[ˋpætɚn]	模範、樣品
mod·el	[ˋmɑdl]	模範、模型
ex·am·ple	[gˋzæmpl]	模範、範例

Selet Your Answer and Go to Next Page ➜

Answer 解答

「那個穿花朵圖案長褲的女生是個平面設計師。」這句中文裡的「圖案」該用哪一個字？

答案：① pattern

解說： 關鍵就在於「花朵圖案」，pattern 有「固定模式」的意思，如：行為模式 behavior pattern、生活模式 the pattern of life，另外，pattern 有「圖案、花樣」的意思，尤其指布料的印花或縫紉方式；model 則是「模型」或是可供他人效法的「模式、系統」，也有車子「型號」之意；example 則是舉例時的「範例」，或是他人的「榜樣」。

★片語大進級
① **in a holding pattern** 待命
② **a model house** 樣品屋
③ **to set an example** 樹立榜樣

Test 【隨堂小測驗】

① 你可不可以舉一個例子說明一下這個字怎麼用？

Could you give me an _____ how this word is used?

② 那間車廠今年才釋出最新車款。

The car company released the latest _____ this year.

② model。因為釋出的是車款，也有車子「型號」的意思，故選用 model。

① example。此句為「舉例、範例」，故選用 example。

隨堂小測驗解答

184

Unit 83

★易混淆字─

result、
consequence、
effect

result、consequence、effect 都有「結果」的意思，但是

「聽說此藥物有損壞腦部功能的效果。」

這句中文裡的「效果」該用哪一個字？

The medicine is said to have the _____ of damaging your brain function.

☐ ① result

☐ ② consequence

☐ ③ effect

★單字大解密

單字	音標	中文解釋
re·sult	[rɪˋzʌlt]	結果、成果
con·se·quence	[ˋkɑnsəˌkwɛns]	結果、後果
e·ffect	[ɪˋfɛkt]	結果、效果

Selet Your Answer and Go to Next Page ➜

Answer 解答

「聽說此藥物有損壞腦部功能的效果。」這句中文裡的「效果」該用哪一個字？

答案：③ effect

解說： 關鍵就在於「效果」，effect 有「效果、影響力」的意思，如：藥物所帶來的效果；result 則是「最後的結果」，如：努力後的結果、考試結果、實驗結果等……；consequence 則為「後果」，通常強調「不好的後果或影響」。

★片語大進級

① **to result in sth** 導致……

② **be of little consequence** 不重要的；無關緊要的

③ **to take effect** 產生效果、起作用

Test【隨堂小測驗】

① 如果你堅持要離開家人，你得自食其果！

If you insist on leaving your family, you have to take the _______.

② 只要結果一樣，你要用什麼方法都可以。

It doesn't matter that you use different methods as long as the ______ is the same.

隨堂小測驗解答

① consequence。consequence 指的是「不好的後果」，本句為「自食其果」，則為 take the consequence。

② result。result 為做某事的「結果」，而不管用什麼方法，得到的「結果」，則為 result。

Unit 84

★易混淆字—

plan、proposal、program

plan、proposal、program 都有「計畫」的意思，但是

「你的假期有什麼計畫？」

這句中文裡的「計畫」該用哪一個字？

What's your _____ on holiday?
- ☐ ① plan
- ☐ ② proposal
- ☐ ③ program

★單字大解密

單字	音標	中文解釋
plan	[plæn]	計畫、打算
pro·pos·al	[prə`pozl]	計畫、提議
pro·gram	[`progræm]	計畫、方案

Selet Your Answer and Go to Next Page →

187

Answer 解答

「你的假期有什麼計畫？」這句中文裡的「計畫」該用哪一個字？

答案：① plan

解說： 關鍵就在於「假期」，plan 可以為臨時的計畫，如：週末計畫、週五夜晚的計畫，也可以是周詳的計畫，如：商業計畫書等……；proposal 為較正式的「提案」或「提議」，結果會經由他人接受或拒絕；program 則是某指定的「方案」或規劃過的「安排、課程」。

★片語大進級
① **a business plan** 商業計畫書
② **a proposal to V.** 做某事的提案
③ **a computer program** 電腦程式

Test 【隨堂小測驗】

① 我有興趣參加那所大學開的法文課程。

I'm interested in the French _____ offered by the university.

② 針對史提弗想重新設計品牌的提案，大家都在會議中投了反對票。

Everybody in the conference is voting against Stevie's _____ to re-brand.

② proposal。本句指 Stevie 提出的「提案」，亦用以表達這項提案接受或被拒絕，故用 proposal。

① program。program 有「方案、課程、訓練、的意思」，如：員工訓練 training program、藝術課程 art program。

隨堂小測驗解答

188

Unit 85

★易混淆字─

benefit、
profit、interest

benefit、profit、interest 都有「利益」的意思，但是

「聽說銀行要提高利率了。」

這句中文裡的「利率」該用哪一個字？

It's said that the bank is going to raise _____ rates.
☐ ① benefit
☐ ② profit
☐ ③ interest

★單字大解密

單字	音標	中文解釋
be·ne·fit	[bɛnəfɪt]	利益、益處
pro·fit	[`prafɪt]	利益、利潤
in·ter·est	[`ɪntərɪst]	利益、利息

Selet Your Answer and Go to Next Page ➡

Answer 解答

「聽說銀行要提高利率了。」這句中文裡的「利率」該用哪一個字？

答案：③ interest

解說： 關鍵就在於「利率」，interest rate 為「利率」的專有名詞，interest 有利息的意思；benefit 則是各種「益處、優勢」，或有「（政府）補助金」等……意思；profit 則是跟金錢相關，賺取來的「利潤、盈利」。

★片語大進級

① **to reap a benefit** 得到收益／報酬

② **to make a profit** 賺取利潤

③ **high/ low interest rate** 高／低利率

Test【隨堂小測驗】

① 他以極高的利潤，賣掉他的車。

He sold his car at a huge _____.

② 能在這場慈善音樂會中表演，我深感榮幸。

I'm very honored to play for this _____ concert.

② benefit。benefit 也有「義賣、義演、義舉」的意思，通常為了慈善而舉辦。

① profit。at a huge profit 是指「以極高利潤……」的意思。

隨堂小測驗解答

★易混淆字─

factory、
mill、plant

factory、mill、plant 都有「利益」的意思，但是

「核能發電廠並不是靠著燃燒煤礦來發電。」

這句中文裡的「廠」該用哪一個字？

A nuclear power _____ doesn't burn fuel to generate electricity.
- ☐ ① factory
- ☐ ② mill
- ☐ ③ plant

★單字大解密

單字	音標	中文解釋
fac·to·ry	[ˋfæktərɪ]	工廠、製造廠
mill	[mɪl]	工廠、磨坊
plant	[plænt]	工廠、車間

Selet Your Answer and Go to Next Page

Answer 解答

「核能發電廠並不是靠著燃燒煤礦來發電。」這句中文裡的「廠」該用哪一個字？

答案：③ plant

解說： 關鍵就在於「核能發電廠」，plant 用來指發電廠或電工、機器製造業等工廠，如：發電廠 power plant、自來水處理廠 water treatment plant，在英式英語中，plant 也有大型「機器、機械」的意思；factory 指的是一般工廠，通常指「生產產品」的工廠；mill 則是指將原料「磨」成細粉或漿狀的磨坊或麵粉廠。

★片語大進級

① **on the factory floor** 涉及普通廠房工人（而非管理者）

② **the rumor mill** 謠言磨坊（醞釀謠言的來源）

③ **to be planted on sb** 被栽贓於某人

Test 【隨堂小測驗】

① 廠房裡的安全措施非常重要。

The safety on the _____ floor is important.

② 這間造紙廠使用植物纖維造紙。

The paper _____ is devoted to making paper from vegetable fibres.

② mill。將紙漿原料磨成細漿或紙漿，故使用 mill。

① factory。on the factory floor 為固定 ★片語大進級，指「工廠的工人」並非「工人待的廠房」。

隨堂小測驗解答

Unit 87

★易混淆字─

fame、
reputation、honor

fame、reputation、honor 都有「名聲」的意思，但是
「**總統為了這些愛國的將士們舉辦一場榮譽宴會。**」
這句中文裡的「榮譽」該用哪一個字？

The president held a banquet in _____ of the patriotic soldiers.
☐ ① fame
☐ ② reputation
☐ ③ honor

★單字大解密

單字	音標	中文解釋
fame	[fem]	名聲、名望
re·pu·ta·tion	[ˌrɛpjə`teʃən]	名聲、名譽
ho·nor	[`ɑnɚ]	名譽、榮譽

Selet Your Answer and Go to Next Page

Answer 解答

「總統為了這些愛國的將士們舉辦一場榮譽宴會。」這句中文裡的「榮譽」該用哪一個字？

答案：③ honor

解說：關鍵就在於「榮譽宴會」，in honor of sb/ sth 指「為了慶祝……」「為表示對……的尊敬」，為固定用法，而 honor 為做了值得頌揚的事蹟，而穫得的榮譽，常用於國家民族相關的榮譽；fame 則是「高知名度、很有名」，常用於當紅的人；reputation 則是指名聲，並未指好或壞。

★片語大進級

① **to rise to fame** 一舉成名

② **by reputation** （因知名度）聽說

③ **a honor roll** 榮譽名冊，勇士名冊

Test 【隨堂小測驗】

① 這個歌手在年紀僅 16 歲時，就紅到不行了。

The singer rose to _____ at a very young age of sixteen.

② 這間牛奶公司在食安問題爆發後，名聲就徹底掃地了。

The _____ of this milk company was completely destroyed when the food safety problem occurred.

② reputation。這個詞為中性的，我們指「名聲」本身，本身並無褒又無貶抑此。「名聲」我們有好的也有壞的。

① fame。一舉成名為 rise to fame，因和名度，非紅紫，通常單獨使用 fame「名聲」這個字。

隨堂小測驗解答

194

Unit 88

★易混淆字—

business、trade、commerce

business、trade、commerce 都有「商業」的意思，但是

「他現在在西班牙出差。」

這句中文裡的「出差」該用哪一個字？

He is in Spain on _____.

□ ① business

□ ② trade

□ ③ commerce

★單字大解密

單字	音標	中文解釋
busi·ness	[`bɪznɪs]	商業、生意
trade	[tred]	商業、貿易
com·merce	[`kɑmɝs]	商業、貿易

Selet Your Answer and Go to Next Page ⟶

Answer 解答

「他現在在西班牙出差。」這句中文裡的「出差」該用哪一個字？

答案：① business

解說： 關鍵就在於「出差」，go on a business trip/ be on business 是「出差」的固定說法，凡是「工作」「做生意（買賣）」都是 business；trade 強調的是「貿易、交易」商品或服務，如：國際貿易 international trade；commerce 則指商業行為或是商業界，也可是大規模的貿易關係，而 trade 屬於 commerce 的一部分，但 commerce 有更多生意行為的範疇。

★ 片語大進級

① **to get down to business** 切入正題；進入主題

② **to trade sth for sth** 以某物交換某物

③ **to promote commerce between** 在……之間提倡貿易交流

Test 【隨堂小測驗】

① 美國與二十多個國家都有簽署自由貿易協定。

The US has free _____ agreements in force with more than 20 countries.

② 線上購物是個趨勢，也讓電子商務在今年更蓬勃發展。

Online shopping is a trend that makes E-_____ scale up to another level this year.

② commerce。E-commerce/ E-commerce business 指的是電子商務。

① trade。free trade agreement 為「自由貿易協定」的專有名詞。

隨堂小測驗解答

★易混淆字—

salary、wage、fee

salary、wage、fee 都有「薪酬」的意思，但是

「對她來說，領最低工資難以度日。」

這句中文裡的「工資」該用哪一個字？

It's hard to get by for her on minimum _____.
- ☐ ① salary
- ☐ ② wage
- ☐ ③ fee

★單字大解密

單字	音標	中文解釋
sa·la·ry	[ˋsælərɪ]	薪資、薪水
wage	[wedʒ]	薪水、報酬
fee	[fi]	酬金、費用

Selet Your Answer and Go to Next Page ➡

Answer 解答

「對她來說，領最低工資難以度日。」這句中文裡的「工資」該用哪一個字？

答案：② wage

解說： 關鍵就在於「工資」，最低工資的固定說法是 minimum wage，wage 指的是體力勞工的工資，通常是以週薪、時薪、日薪去算；salary 指的是較而穩定的月薪或年薪，通常是技術人員、腦力勞動者、企業中的人員……領的薪水；fee 則是指「費用」，如：律師費、會計師收費等……根據案件一次性的報酬。

★ 片語大進級

① **on a good/ decent/ bad salary** 薪水好／豐厚／差

② **minimum wage** 法定最低工資

③ **an entrance fee** 入場費

Test 【隨堂小測驗】

① 她月薪三萬八千元。

She was offered a _____ of 38,000NT dollars a month.

② 為了贏得監護權，她樂意把自己所有存款投入訴訟費。

In order to win the custody over, she's willing to lose all her savings in legal _____.

① salary。通常 salary 泛指月薪或年薪。

② fees。legal fees 為訴訟費的固定用法。

隨堂小測驗解答

198

Unit 90

★易混淆字—

provide、supply、furnish

provide、supply、furnish 都有「供應」的意思,但是

「這對新婚夫婦以歐式風格傢俱佈置他們的房間。」

這句中文裡的「佈置」該用哪一個字?

The newly wed couple _____ their room with European style furniture.

□ ① provide

□ ② supply

□ ③ furnish

★單字大解密

單字	音標	中文解釋
pro·vide	[prə`vaɪd]	提供、供給
sup·ply	[sə`plaɪ]	供給、供應
fur·nish	[`fɜ·nɪʃ]	提供、裝備

Selet Your Answer and Go to Next Page

Answer 解答

「這對新婚夫婦以歐式風格傢俱佈置他們的房間。」這句中文裡的「佈置」該用哪一個字？

答案：③ furnish

解說：關鍵就在於「佈置」，furnish 主要指空間的裝飾、傢俱的佈置或擺設；provide 則是一般針對個人需求而提供某物；supply 則是商業或社會上的（大量）供應。

★片語大進級

① **to provide against sth** 預防；防備；防止

② **supply chain** （商品的）供應鏈

③ **to furnish sth with sth** 為……裝配佈置

Test 【隨堂小測驗】

① 目擊證人將他所知道的資訊都提供給警方。

The witness _____ all the information he knew to the police.

② 市場價格的變動是根據供需求關係。

Prices in the market change based on _____ and demand.

隨堂小測驗解答

① provided。本句為語入提供方要求「資訊」資料，並非商業上或政府相關的供應庫，故便用過去式的 provided。

② supply。supply and demand為「供應與需求關係」的固定用法。

200

Unit 91

★易混淆字─

make、
manufacture、
produce

make、manufacture、produce 都有「製造」的意思，但是

「這位設計師手工製作她所有的衣服。」

這句中文裡的「製作」該用哪一個字？

The designer hand-_____ all her clothes.

☐ ① made

☐ ② manufactured

☐ ③ produced

★單字大解密

單字	音標	中文解釋
make	[mek]	製造、做
mau·u·fac·ture	[ˌmænjəˋfæktʃɚ]	製造、加工
pro·duce	[prəˋdjus]	製造、生產

Selet Your Answer and Go to Next Page ➡

Answer 解答

「這位設計師手工製作她所有的衣服。」這句中文裡的「製作」該用哪一個字？

答案：① made

解說：關鍵就在於「手工」，make 通常使手工製作某些藝品，或是以食材或材料做成某樣東西；manufacture 強調的是「大規模製造」，通常是工廠以機器或人力，商業性的製造出大量商品；produce 除了有「製造」的意思之外，有很常指從無到有的「生產」。

★片語大進級

① **to make off** 匆忙離開（逃走）

② **to manufacture car parts** （大量）生產汽車零件

③ **to mass-produce** （使用機器）大量生產

Test【隨堂小測驗】

① 講者的發言引起了眾怒。

The speaker _____ an angry response from the audience.

② 這座非法工廠專生產手槍的零件。

The illegal factory _____ parts for guns.

隨堂小測驗解答

① produced。除了「生產」的意思外，也有「引起、產生」之意，為本句用法。

② manufactures。強調 manufacture 指的是工廠以人工或機器大批製造某物，為本句用法。

202

★易混淆字—

associate、
colleague、
companion

associate、colleague、companion 都有「同伴」的意思,但是
「我的貓一直以來都是我最親密的伙伴。」
這句中文裡的「伙伴」該用哪一個字?

My cat has always been my close _____.
□ ① associate
□ ② colleague
□ ③ companion

★單字大解密

單字	音標	中文解釋
as·so·ci·ate	[ə`soʃɪt]	同事、合夥人
col·league	[kɑ`lig]	同事、同行
com·pa·nion	[kəm`pænjən]	同伴、伙伴

Selet Your Answer and Go to Next Page ➡

Answer 解答

「我的貓一直以來都是我最親密的伙伴。」這句中文裡的「伙伴」該用哪一個字？

答案：③ companion

解說： 關鍵就在於「伙伴」，companion 可是指「看護」或是任何形式的「同伴」，如：旅伴、寵物伙伴等……；associate 可以指「朋友」或是「生意上的夥伴」或「合夥人」，或同公司，但不一定是搭擋的同事；colleague 指的是「一起共事的同事」。

★片語大進級

① **an associate professor** 副教授

② **a former colleague** 前同事

③ **a boon companion** 好朋友；密友

Test 【隨堂小測驗】

① 我想將你介紹給我的合夥人，他負責投資事宜。

I'd like to introduce you to my business _____ who is in charge of the investment.

② 我團隊裡的其中一個同事不太喜歡團隊合作

One of my _____ in my team is not a fan of teamwork.

隨堂小測驗解答

① business associate 指的是工作上的夥伴人。

② colleagues。共事的同事為 colleague，本句我的朋友是團隊裡的一同共事的同事，故使用複數 colleagues。

204

NOTE

Chapter 7

國家社會篇

Unit 93

★易混淆字—

nation、 people、race

nation、people、race 都有「民族」的意思，但是

「黛安娜永遠都是人民心中的王妃。」

這句中文裡的「人民」該用哪一個字？

Diana will forever be _____ Princess.

☐ ① nation's

☐ ② people's

☐ ③ race's

★單字大解密

單字	音標	中文解釋
na·tion	[`neʃən]	民族、國民
peo·ple	[`pipl]	民族、人民
race	[res]	民族、種族

Selet Your Answer and Go to Next Page →

Answer 解答

「黛安娜永遠都是人民心中的王妃。」這句中文裡的「人民」該用哪一個字？

答案：② people's

解說： 關鍵就在於「人民」，people 指的同一民族或國家的人民，且為國家社會中，非握有權力或執政權的「平民百姓」；nation 則為政治上，同一個國家中的國民，有共同的政府與文化；race 則為種族，同一種族有較類似的生理特徵，如黑人、白人、黃種人等；不同種族（race）的人，也可同屬同一個國家的國民（nation）。

★片語大進級

① **across/ throughout the nation** 在全國
② **sb's people** 家人，親人
③ **an island race** 島國民族

Test 【隨堂小測驗】

① 全國國民都透過電視轉播觀看國家代表隊在奧運的足球冠軍賽。

The whole _____ watched the soccer final on TV to cheer for the national team in Olympics.

② 不管是白種人還是黑人，所有種族的人皆平等。

Black or While, no _____ is superior or inferior to another.

隨堂小測驗解答

① nation。為全國國民，本句中，既國家的國民為民，「國家」為國家社會及國籍，是一個（政治上）國家的運動賽事，因此使用 nation。

② race。人種長使用 race，而相同人種有較相似的生理特徵等。

Unit 94

★易混淆字—

group、swarm、school

group、swarm、school 都有「群隊」的意思，但是

「進去那個區域前，請做好防護措施，因為裡頭有成群的蚊子。」

這句中文裡的「成群」該用哪一個字？

Be sure to wear enough protection before you enter the area with ＿＿＿＿ of mosquitoes.

☐ ① groups
☐ ② swarms
☐ ③ schools

★單字大解密

單字	音標	中文解釋
group	[grup]	群、組
swarm	[swɔrm]	蜂群、一大群
school	[skul]	群、魚群

Selet Your Answer and Go to Next Page ➞

Answer 解答

「進去那個區域前，請做好防護措施，因為裡頭有成群的蚊子。」
這句中文裡的「成群」該用哪一個字？

答案：② swarms

解說：關鍵就在於「蚊子」，凡指一群昆蟲類、浮游生物（如蜜
蜂、蚊子等）大量的移動，皆使用 swarm，也可做動詞使
用；group 則是一般的分組或分類群，如一批藥物、一群人
等；school 則主要使用在魚類群。

★片語大進級
① **to be grouped by** 根據……分類
② **to swarm with sth** 擠滿、充滿
③ **school of hard knocks** 逆境，艱苦生活的磨練

Test【隨堂小測驗】

① 這組化學藥劑對人體有劇毒。

This _____ of chemicals is toxic to human body.

② 出海夠遠的話，你會看到一群鯨魚出現。

**You will see a _____ of whales when you sail far enough
to the middle of the ocean.**

② school。因為鯨魚為生物的魚類群，便用的是 school。

① group。人事物相相關的分類，便用 group 即可，如一批、一組、一群
等……。

隨堂小測驗解答

Unit 95

★易混淆字──

mankind、man、human

mankind、man、human 都有「人」的意思，但是

「想變有錢是人之常情。」

這句中文裡的「人」該用哪一個字？

It's only _____ nature to get rich.

□ ① mankind
□ ② man
□ ③ human

★單字大解密

單字	音標	中文解釋
man·kind	[`mæn͵kaɪnd]	人類、男人
man	[mæn]	男人、人類
hu·man	[`hjumən]	人、人類

Selet Your Answer and Go to Next Page ➡

Answer 解答

「想變有錢是人之常情。」這句中文裡的「人」該用哪一個字？

答案：③ human

解說：關鍵就在於名詞「nature」，在此 human 作為形容詞使用，修飾名詞「本性」，三者間只有 human 可作為形容詞使用，若當名詞時，指人類，通常用於與動物作物種或個體區別時；man 與 mankind 意思相近，而 mankind 較重社會意義，當人類時，兩者皆不能加 the 或 s，以單數形式存在，但有性別歧視之爭議，故最好以 human beings 做代替。

★片語大進級

① **the creator of mankind** 造物者

② **to man up** （鼓勵他人勇敢面對）拿出勇氣／男子氣概

③ **human rights** 人權

Test【隨堂小測驗】

① 人類的起源可追溯回東非。

The origins of _____ can be traced to east Africa.

② 穿丹寧夾克的男子是我們大學裡的化學教授。

The _____ in the denim jacket is a chemistry professor at my university.

隨堂小測驗解答

① mankind/ man/ humans。三者都有「人類」的意思，差別在於 mankind 與 man 作為人類時，只能以單數型態存在，humans 或 human beings 則須複數。

② man。本句為「男子」的意思，故只能用 man。

Unit 96

baby、child、kid

baby、child、kid 都有「孩子」的意思,但是

「這個新生兒重4100克。」

這句中文裡的「兒」該用哪一個字?

The newborn _____ weighs 4100 grams.

□ ① baby
□ ② child
□ ③ kid

★單字大解密

單字	音標	中文解釋
ba·by	[ˋbebɪ]	嬰兒、寶貝
child	[tʃaɪld]	孩子、兒童
kid	[kɪd]	孩子、兒童

Selet Your Answer and Go to Next Page

Answer 解答

「這個新生兒重4100克。」這句中文裡的「兒」該用哪一個字？

答案：① baby

解說：關鍵就在於名詞「新生兒」，baby 是嬰兒或寶寶，而
newborn baby 為新生兒的固定用法；child 一般指相對於成
年人來說的未成年小朋友，或父母的兒女；kid 與 child 意思
相近，差別在於 kid 較為口語，child 較為正式，且用於許多
專有名詞，如：童工 child labor、虐童 child abuse。

★片語大進級

① **a cry-baby** 愛哭的人，動不動就哭的人

② **to be child's play** 很容易做的事

③ **to kid around** 耍鬧、戲謔

Test 【隨堂小測驗】

① 此組織致力於停止世界上的童工問題。

This organization is dedicated to putting a stop in _____ labor around the world.

② 別鬧了！快認真聽演講！

Stop _____ around and pay attention to the speech.

隨堂小測驗解答

① child 比 kid 用法來得正式，用於專有名詞彙量裡，如本句「童工」
為 child labor。

② kidding。to kid around 的 kid 作動詞用，有耍鬧之意、不認真之意，
stop+Ving 故為 kidding。

Unit 97

★易混淆字—

crime、guilt、sin

crime、guilt、sin 都有「罪」的意思，但是

「強暴犯為他對女孩做的壞事備感愧疚。」

這句中文裡的「愧疚」該用哪一個字？

The rapist suffered agnoies of _____ over what he's done to the woman.

☐ ① crime

☐ ② guilt

☐ ③ sin

★單字大解密

單字	音標	中文解釋
crime	[kraɪm]	罪行、犯罪
guilt	[gɪlt]	犯罪、過失
sin	[sɪn]	罪惡、罪孽

Selet Your Answer and Go to Next Page →

Answer 解答

「強暴犯為他對女孩做的壞事備感愧疚。」這句中文裡的「愧疚」
該用哪一個字？

答案：② guilt

解說： 關鍵就在於名詞「愧疚」，guilt 有內疚、自責的意味，若作
為犯罪使用，則強調道德面的罪過；相比起來，crime 則是
強調「法律上」犯下的罪行；sin 則是強調違反「宗教」而
犯下的罪行。

★片語大進級

① **a hate crime** （因歧視而做出的）仇恨犯罪

② **survivor guilt** 倖存者的負疚感

③ **to sin-bin** （因選手犯規）將……罰下場

Test 【隨堂小測驗】

① 根據聖經，同性戀行為是種罪嗎？

Is homosexual conduct a _____ according to the Bible?

② 在犯罪現場發現了一支步槍。

A rifle was found at the scene of the _____.

① sin。這經為宗教的罪事，若意思宗教上的罪行，則應用 sin。

② crime。這指涉及正式的法律違犯罪，本句強調「犯罪現場」，通
常已構成違反公法相關的犯罪，故使用 crime。

隨堂小測驗解答

216

★易混淆字—

erect、
establish、found

erect、establish、found 都有「建立」的意思,但是

「行軍的士兵們將身體挺得筆直。」

這句中文裡的「挺直」該用哪一個字?

The soldiers held their bodies _____ when marching.

□ ① erect
□ ② establish
□ ③ found

★單字大解密

單字	音標	中文解釋
e·rect	[ɪˋrɛkt]	豎立、建立
es·tab·lish	[əˋstæblɪʃ]	建立、設立
found	[faʊnd]	建立、創立

Selet Your Answer and Go to Next Page ➡

217

Answer 解答

「行軍的士兵們將身體挺得筆直。」這句中文裡的「挺直」該用哪一個字？

答案：① erect

解說： 關鍵就在於「挺直」，在此 erect 為「直的、昂首挺胸的」可作為形容詞使用，作為動詞時，通常用於垂直豎立起某物；establish 則為「建立並穩固」，可以用於抽象與具體事物前；found 則是常用於建立某種機構、政黨、國家等。

★片語大進級

① **to stand erect** 直立站好

② **to establish oneself** 確立（某人）的地位

③ **to be founded on** 依據⋯⋯基礎

Test 【隨堂小測驗】

① 整個理論的形成，是建立在一系列的實驗與計算的基礎上。

The whole theory was _____ on a series of experiments and calculations.

② 若想擔任這個職位，建立溝通技巧是非常重要的。

It's important to _____ communication skills to fit into this position.

② establish。從可以接軌為抽象的事物，例如：某種能力、地位、關係等，而溝通技巧非一個具體會隨著運轉而變換機構，故較適合使用 establish。

① founded。be founded on 為固定用法，意「以⋯⋯為基礎」、「以⋯⋯建立在⋯⋯的基礎」。

隨堂小測驗解答

Unit 99

★易混淆字─

inspect、
examine、
investigate

inspect、examine、investigate 都有「檢調」的意思，但是

「警察正在調查火車事故的起因。」

這句中文裡的「調查」該用哪一個字？

The police are _____ the cause of a railway accident.

☐ ① inspecting
☐ ② examining
☐ ③ investigating

★單字大解密

單字	音標	中文解釋
in·spect	[ɪn`spɛkt]	檢查、視察
ex·am·ine	[ɪg`zæmɪn]	檢查、診察
in·ves·ti·gate	[ɪn`vɛstə͵get]	調查、研究

Selet Your Answer and Go to Next Page ➔

Answer 解答

「警察正在調查火車事故的起因。」這句中文裡的「調查」該用哪一個字？

答案：③ investigating

解說：關鍵就在於「調查」，investigate 有「研究」與「調查」兩個意思，做調查的意思時，有層層撥開找出真相的含義；inspect 則有官方人員、專家等「視察」的意思，通常為一個場地的勘查，或是察看物品是否符合標準；examine 為（對細節）仔細查看與檢查，也有考試、測試之意。

★片語大進級
① to inspect the crime scene 查勘犯罪現場
② to cross-examine 盤問（證人）
③ to investigate into 調查、研究

Test 【隨堂小測驗】

① 在這場面試中，你將會被測試你寫程式的技巧。

You will be _____ on your coding skills in the interview.

② 專家被派遣來徹底勘查犯罪現場。

The expert was sent to _____ the crime scene thoroughly.

② inspect/ examine。雖然兩者有仔細檢查、查看之意，但仍著重於仔細檢測的意思。

① examined。此句為「考試、測試」之意，examine 除了有考試之外，有考試的意思。

隨堂小測驗解答

220

★易混淆字─

rule、administer、dominate

rule、administer、dominate 都有「管治」的意思，但是

「女王伊莉莎白二世對英國的統治只是形式上的，並不握有實權。」

這句中文裡的「統治」該用哪一個字？

The Queen Elizabeth II _____ the United Kingdom in a formal way without real power.

☐ ① rules

☐ ② administers

☐ ③ dominates

★單字大解密

單字	音標	中文解釋
rule	[rul]	管轄、統治
ad·min·is·ter	[əd`mɪnəstə]	管理、經營
dom·i·nate	[`dɑmə͵net]	支配、統治

Selet Your Answer and Go to Next Page ➜

Answer 解答

「女王伊莉莎白二世對英國的統治只是形式上的，並不握有實權。」這句中文裡的「統治」該用哪一個字？

答案：① rules

解說： 關鍵就在於「女王」二字，女王統治及治理一國、一地為 rule；administer 則為管理或治理家務、商務等；dominate 則有「壓制」之意，有權威的支配。

★片語大進級

① **a rule of thumb** 經驗之談

② **to administer an oath to sb** 主持（某人）的宣誓儀式

③ **to dominate the news** 成為新聞焦點

Test 【隨堂小測驗】

① 西班牙的足球隊支配了比賽並贏得冠軍。

The spanish football team _____ the game and became the champion.

② 現任政府非常擅長經營社會經濟體制。

The present government has well _____ the economy.

---

② administered 照料、家務、經營、管理、處理、使施行國之事項即使用 administer。

① dominated 有支配之意，在團體中具有優勢、並處於主宰地位。

隨堂小測驗解答

222

★易混淆字—

abolish、
cancel、liminate

abolish、cancel、eliminate 都有「消除」的意思，但是

「在第三輪比賽中，他淘汰了他的對手。」

這句中文裡的「淘汰」該用哪一個字？

He _____ his opponent in the third round of the competition.
- □ ① abolish
- □ ② cancel
- □ ③ eliminate

★單字大解密

單字	音標	中文解釋
a·bol·ish	[ə`bɑlɪʃ]	廢除、廢止
can·cel	[`kænsl]	刪去、取消
e·lim·i·nate	[ɪ`lɪmə͵net]	排除、淘汰

Selet Your Answer and Go to Next Page

Answer 解答

「在第三輪比賽中，他淘汰了他的對手。」這句中文裡的「淘汰」該用哪一個字？

答案： ③ eliminate

解說： 關鍵就在於「淘汰」這個字，eliminate 通常有淘汰、排除之意，因此，從比賽中讓對手無法繼續比賽的「淘汰」就使用 eliminate；而 cancel 是臨時取消會議、計畫、旅行等約定好的活動；abolish則是「廢除」一些不合理的制度、習俗等。

★片語大進級

① **to abolish taxes** 廢除稅收

② **to cancel sth out** 抵銷、對消

③ **to eliminate someone from sth** 將某人從某事中淘汰

Test 【隨堂小測驗】

① 如此不合理的法律應該要廢除。

Such unreasonable law should be _____.

② 她為了開會取消了牙醫預約。

She _____ her dental appointment for a meeting.

Unit 102

★易混淆字—

duty、obligation、responsibility

duty、obligation、responsibility都有「責任」的意思，但是

「你應該為公司的破產負起責任。」

這句中文裡的「責任」該用哪一個字？

You should claim _____ for the bankruptcy of this firm.
☐ ① duty
☐ ② obligation
☐ ③ responsibility

★單字大解密

單字	音標	中文解釋
du·ty	[`djutɪ]	職責、義務
ob·li·ga·tion	[ˌɑblə`geʃən]	義務、責任
re·spon·si·bil·i·ty	[rɪˌspɑnsə`bɪlətɪ]	責任、義務

Selet Your Answer and Go to Next Page

Answer 解答

「你應該為公司的破產負起責任。」這句中文裡的「責任」該用哪一個字？

答案：③ **responsibility**

解說：關鍵就在於「負責」，三者可指「必須完成的任務」，而 responsibility 與 duty 都可指工作上必須完成的任務，但只有 responsibility 有「對（某壞事）的後果承擔責任」的意思，本題是要為公司的破產承擔後果，故使用 responsibility；obligation 則是指在道德與法律上，應盡的義務或責任。

★片語大進級

① **to join duty** （在離開一段時間後）回來上班

② **to have a legal obligation to** 有法律義務去做……

③ **to have a responsibility to sb** 對（某人）負責

Test 【隨堂小測驗】

① 在下了班之後，他通常會跟朋友去小酌一杯。

He always hangs out for a drink with his friends when he's off-_____.

② 每年都要報稅是每個人應盡的法律義務。

Everyone has a legal _____ to file taxes every year.

隨堂小測驗解答

① **off-duty**。為形容詞，意「下了班的（下班）」之意；之所以用來，故此題使用 duty。

② **obligation**。凡涉及法律上應遵循的義務與責任，便用 obligation 較為適合。

Unit 103

★易混淆字──

address、
speech、lecture

address、speech、lecture 都有「演說」的意思，但是
「你有看今晚電視上的總統就職典禮演說嗎？」
這句中文裡的「演說」該用哪一個字？

Did you watch tonight's televised presidential inaugural _____?
☐ ① address
☐ ② speech
☐ ③ lecture

★單字大解密

單字	音標	中文解釋
ad·dress	[əˋdrɛs]	演說、致辭
speech	[spitʃ]	演說、說話
lec·ture	[ˋlɛktʃɚ]	演說、授課

Selet Your Answer and Go to Next Page ➡

227

「你有看今晚電視上的總統就職典禮演説嗎？」這句中文裡的「演説」該用哪一個字？

答案：① address

解説：關鍵就在「總統就職典禮」，address 通常是指隆重、公開場合之正式演説或致詞；speech 則是一般的發言或演説（未必隆重），可為事先準備，也可為即席的，比如婚禮致詞，但大多時候 address 和 speech 是可以交替使用的；lecture則為課堂中的授課。

★片語大進級

① **to give a presidential address** 發表總統演説

② **to make a wedding speech** 發表婚禮演説

③ **to attend a lecture** 出席講座

Test 【隨堂小測驗】

① 我上個月聽了一系列關於珍‧奧斯丁的講座。

I attended a series of _____ on Jane Austen last month.

② 新郎的父母在婚禮上發表了致詞。

The groom's parents made _____ at the wedding.

隨堂小測驗解答

① **lectures**：本句為陳述相關講座，故使用 lecture，又因「一系列」，故字尾屬複數，故單字加上 s。

② **speeches**：本句為婚禮上之發言，非隆重正式之致詞，故使用speech，又因為父母有兩人皆有致詞，故字尾屬複數，需在單字加上 es。

NOTE

Chapter 8

自然景象篇

Unit 104

★易混淆字—

view、
scenery、sight

view、scenery、sight 都有「景觀」的意思，但是

「從飛機上，我們可以鳥瞰整個洛杉磯。」

這句中文裡的「鳥瞰」該用哪一個字？

We had a bird's eye _____ of LA from the airplane.
□ ① view
□ ② scenery
□ ③ sight

★單字大解密

單字	音標	中文解釋
view	[vju]	視野、觀點
scen·er·y	[`sinərɪ]	風景、佈景
sight	[saɪt]	視力、景色、觀感

Selet Your Answer and Go to Next Page ➡

231

Answer 解答

「從飛機上，我們可以鳥瞰整個洛杉磯。」這句中文裡的「鳥瞰」該用哪一個字？

答案： ① view

解說： 關鍵就在於「鳥瞰」，have a bird's eye view 為鳥瞰的固定用法，另外 view 與 scenery 都有自然景色或周圍環境之意，但 view 是指從一個特定的視點看到的美景，scenery 則是泛指景色；sight 是指特別值得看的景象，不一定是美景，也可以是可怕的景象，若當「名勝風景」則需要使用複數 sights。

★ 片語大進級

① **in view of sth** 因為；考慮到

② **to blend into the scenery** 融入周圍環境中，使自己不引人注目

③ **to lose sight of sth** 忽略；忘記

Test 【隨堂小測驗】

① 那小男孩害怕看到蟑螂。

The boy dreads the _____ of cockroaches.

② 到達洛杉磯之前，你會開車經過最令人屏息的風景。

You will drive through the most breath-taking _____ to get to LA.

★易混淆字—

gale、gust、reeze

gale、gust、breeze 都有「風」的意思，但是

「今早的微風清晰又舒適。」

這句中文裡的「微風」該用哪一個字？

There's quite a fresh comfortable _____ in the morning.
☐ ① gale
☐ ② gust
☐ ③ breeze

★單字大解密

單字	音標	中文解釋
gale	[gel]	視野、觀點
gust	[gʌst]	風景、佈景
breeze	[briz]	視力、景色、觀感

Selet Your Answer and Go to Next Page ➡

Answer 解答

「今早的微風清晰又舒適。」這句中文裡的「微風」該用哪一個字？

答案：③ breeze

解說： 關鍵就在於「微風」，三者中只有 breeze 指微風，breeze 也可作動詞使用，指「輕巧的移動」或「輕鬆的完成」；gale 則是三者中最強勁的風，通常維持時間較長；gust 則是突然刮起的陣風。

★片語大進級
① **gales of laughter** 陣陣大笑聲
② **a gust of wind** 一陣狂風
③ **to shoot the breeze** 閒談，閒聊

Test 【隨堂小測驗】

① 好幾棵老樹都被強風給吹倒。

The old trees were blown down in the _____.

② 她輕鬆贏了歌唱比賽，因為她早已當職業歌手數年。

She _____ through the singing contest as she had been a professional singer for years.

隨堂小測驗解答

① gale。gale 是指持續性且強勁的大風，由能把老樹都颳倒吹倒的個例，只有 gale。

② breezed。本句的 breeze 作動詞使用，表示「輕鬆完成（贏得）了比賽」，又因本句為過去式，故使用 breezed。

★易混淆字—

canal、 channel、strait

canal、channel、strait 都有「水道」的意思，但是

「煤炭過去經由運河送來這裡。」

這句中文裡的「運河」該用哪一個字？

The coal used to be sent here by _____.

☐ ① canal

☐ ② channel

☐ ③ strait

★單字大解密

單字	音標	中文解釋
ca·nal	[kə`næl]	運河、渠道
chan·nel	[`tʃænl]	航道、海峽
strait	[stret]	海峽

Selet Your Answer and Go to Next Page ➔

Answer 解答

「煤炭過去經由運河送來這裡。」這句中文裡的「運河」該用哪一個字？

答案：① canal

解說： 關鍵就在於「運河」這個詞，運河為人工建造之航道，canal 則為運河、渠道之意；channel 與 strait 則是天然形成之海峽，若為專有名詞之海峽有其固定用法，如較大的巴士海峽為 Bashi Channel、較窄的台灣海峽為 Taiwan Strait。

★片語大進級
① **alimentary canal** 消化道
② **pay channel** 電視付費頻道
③ **strait-laced** （尤指在性議題上）古板的、保守的

Test【隨堂小測驗】

① 在暴風雨來襲時，渡海峽是很危險的。

It's dangerous to cross the _____ in the storm.

② 英國與法國由英吉利海峽分界。

France and the United Kingdom are separated by the English _____.

① strait/channel。兩者皆可以指天然形成的海峽，channel 一般指較寬大的海峽，strait 則指較窄的小之海峽。

② Channel。English Channel 為英吉利海峽之專有名詞。

隨堂小測驗解答

Unit 107

★易混淆字——

coast、shore、beach

coast、shore、beach 都有「鄰近水邊的地區」的意思，但是

「她拿著水桶與鏟子帶著兒子去沙灘上蓋城堡。」

這句中文裡的「沙灘」該用哪一個字？

She took her son down to the _____ with bucket and spade to build castles with sand.

☐ ① coast
☐ ② shore
☐ ③ beach

★單字大解密

單字	音標	中文解釋
coast	[kost]	海岸、沿海地區
shore	[ʃɔr]	岸邊、水邊
beach	[bitʃ]	海灘、海濱

Selet Your Answer and Go to Next Page →

237

Answer 解答

「她拿著水桶與鏟子帶著兒子去沙灘上蓋城堡。」這句中文裡的「沙灘」該用哪一個字？

答案：③ beach

解說： 關鍵就在於「沙灘」，beach 通常是指海浪沖刷的地區，多半為砂礫覆蓋的海灘；shore 則是指與水域相鄰的「陸地」；coast 是指靠近大海的「地區」。

★片語大進級

① **coast-to-coast** 全國各地
② **on shore** 在岸上
③ **to beach sb's boat** 將某人的船拖上岸

Test 【隨堂小測驗】

① 她原本住在紐約，但她要搬去西岸了。

She used to live in New York, but now she's moving to the West _____.

② 我常常看到那對老夫老妻手牽手在湖邊散步。

I always see the old couple walking hand in hand by the lake along the _____.

① Coast。the East Coast 和 the West Coast 分別是美國的東岸及西岸，coast 有臨海、「地區」的意思，放逐於離這就是一個關就 West Coast 的地區。
② shore。鄰接著河、湖、海水域的陸地為 shore，故「湖邊」為 shore。

隨堂小測驗解答

Unit 108

★易混淆字─

air、gas、
atmosphere

air、gas、atmosphere 都有「氣」的意思，但是

「看到燃氣發電站時就右轉。」

這句中文裡的「燃氣」該用哪一個字？

Turn right when you pass the _____-power station.
☐ ① air
☑ ② gas
☐ ③ atmosphere

★單字大解密

單字	音標	中文解釋
air	[ɛr]	空氣、大氣
gas	[gæs]	氣體、瓦斯
at·mos·phere	[`ætməsˌfɪr]	空氣、氣氛

Selet Your Answer and Go to Next Page ➜

Answer 解答

「看到燃氣發電站時就右轉。」這句中文裡的「燃氣」該用哪一個字？

答案：② gas

解說： 關鍵就在於「燃氣」，凡是能流動於空氣中的小分子，都可稱為 gas，如氧氣、氫氣、氮氣都是 gases；air 則是只供我們呼吸的空氣，由不同氣體（gas）組成，air 也有「神態、樣子」之意；atmosphere 則為圍繞於星球外的氣層。

★片語大進級

① **an air of confidence** 一副自信的神態

② **to gas sth up** 給（汽車）加油

③ **layeres of atmosphere** 大氣層的分層

Test 【隨堂小測驗】

① 城市裡的空氣污染在冬天變得格外嚴重。

The _____ pollution in the city is getting worse in winter.

② 我們喜歡辦公室裡熱情的氛圍。

We enjoy the cordial _____ in the office.

Unit 109

★易混淆字—

road、path、way

road、path、way 都有「道」的意思，但是

「別擋路！我討厭你！」

這句中文裡的「路」該用哪一個字？

Get out of my _____! I hate you.
☐ ① road
☐ ② path
☐ ③ way

★單字大解密

單字	音標	中文解釋
road	[rod]	道路、途徑
path	[pæθ]	道路、小路
way	[we]	道路、路途

Selet Your Answer and Go to Next Page ➔

Answer 解答

「別擋路！我討厭你！」這句中文裡的「路」該用哪一個字？

答案：③ way

解說：關鍵就在於「擋路」，通常 way 是泛指某個位置、方向，而「別擋路」並不是特定一條道路，也不是特定既有的位置，故使用 way，way 也有「方法」之意；road 及 path 是既有的道路、路徑，road 為大條路，path 則為小徑。

★片語大進級

① **off-road** 越野的
② **to beat a path to sb's door** 急切地想從……處購買（取得）
③ **the other way around** 相反地

Test【隨堂小測驗】

① 穿越繁忙的主要大馬路時，你應該要小心點。

You should be careful when crossing the busy main _____.

② 請跟著小徑走就會通往懸崖。

Please follow the small _____ to the cliffs.

NOTE

Chapter 9

消費景象篇

Unit 110

★易混淆字─

cost、
charge、price

cost、charge、price 都有「荷包」的意思，但是
「這個真皮包包價值三萬台幣。」
這句中文裡的「價值」該用哪一個字？

The leather bag _____ 30,000 NT dollars.
☐ ① costs
☐ ② charges
☐ ③ prices

★單字大解密

單字	音標	中文解釋
cost	[kɔst]	成本、費用
charge	[tʃɑrdʒ]	索價、收費
price	[praɪs]	價格、價錢

Selet Your Answer and Go to Next Page ➡

Answer 解答

「這個真皮包包價值三萬台幣。」這句中文裡的「價值」該用哪一個字？

答案：① costs

解說： 關鍵就在於「包包價值三萬」，cost 當動詞使用時，主詞通常為事物，指某事物「花費、要價、價值」多少；charge 則是以賣方的角度，以商品或服務向對方「收費」；price 則單純是指物品的定價、標價等。

★片語大進級

① **at all cost** 不惜任何代價、無論如何
② **to charge sth to sb's account** 把……記在（某人）的帳上
③ **to be priced at** 定價（某金額）

Test 【隨堂小測驗】

① 這個國家公園不收取入場費。

This National Park doesn't ＿＿＿ for admission.

② 這個商品上沒有標價吊牌。

There's no ＿＿＿ tag attached to this merchandise.

① charge。以賣方（國家公園）的角度向他人「收費」，使用 charge。
② price。price tag 為懸掛標籤（吊牌）的有名之詞。

隨堂小測驗解答

246

★易混淆字─

dear、costly、expensive

dear、costly、expensive 都有「貴」的意思，但是

「簽立這個合約可能是一個代價慘重的錯誤。」

這句中文裡的「代價慘重」該用哪一個字？

Signing this contract could be a rather ＿＿＿ mistake.
- ☐ ① dear
- ☐ ② costly
- ☐ ③ expensive

★單字大解密

單字	音標	中文解釋
dear	[dɪr]	珍貴的、昂貴的
cost·ly	[ˋkɔstlɪ]	貴重的、代價高的
ex·pen·sive	[ɪkˋspɛnsɪv]	昂貴的、高價的

Selet Your Answer and Go to Next Page ➡

Answer 解答

「簽立這個合約可能是一個代價慘重的錯誤。」這句中文裡的「代價慘重」該用哪一個字？

答案：② costly

解說：關鍵就在於「代價慘重的錯誤」，costly 除了跟 expensive 同義，很常可通用之外，costly 還可指某件（壞）事代價高；而 dear 若要作為「昂貴的」使用，不能放於名詞前面，而只能放於名詞之後，如：The ticket is quite dear. 且 dear 為較老套的用法，並不常使用，多用於英式英文。

★片語大進級
① **for dear life** 盡全力、竭力
② **a costly mistake/ setback** 代價慘重的錯誤／挫折
③ **to have expensive tastes** 喜歡昂貴的東西

Test 【隨堂小測驗】

① 我姊姊喜歡名貴的東西，她崇尚名牌。

My sister has _____ tastes. She is a brand addict.

② 他們竭盡全力地跑，為了趕上最後一班火車。

They were running for _____ life to catch the last train.

隨堂小測驗解答

① expensive。to have expensive tastes 為固定用法，意指「喜歡昂貴的東西」的意思。

② dear。for dear life 為「盡全力、竭盡全力」的★片語大進級。

★易混淆字—

bag、handbag、purse

bag、handbag、purse 都有「包包」的意思，但是

「請把那個紫色小錢包遞給她，她需要一些零錢。」

這句中文裡的「小錢包」該用哪一個字？

Please hand the purple _____ to her. She needs some coins.

□ ① bag

□ ② handbag

□ ③ purse

★單字大解密

單字	音標	中文解釋
bag	[bæg]	提袋、旅行袋
hand·bag	[ˋhændˌbæg]	手提包、小提袋
purse	[pɝs]	錢包、小手提包

Selet Your Answer and Go to Next Page →

Answer 解答

「請把那個紫色小錢包遞給她，她需要一些零錢。」這句中文裡的「小錢包」該用哪一個字？

答案：③ purse

解說： 關鍵就在於「小錢包」，purse 為三者之間體積最小，指小錢包、皮夾或晚宴手拿包；bag 則泛指一般包包，後揹包、手提包、斜背包都可以使用 bag；handbag 則比 bag 小，多為女性用的手提包，手提包內可放皮夾（purse）、手機、私人物品等。

★片語大進級

① **to be sb's bag** 是某人感興趣的東西

② **handbags (at dawn)** 兩方相互作勢憤怒威脅，但未付諸行動

③ **the public purse** 國庫

Test【隨堂小測驗】

① 我朋友某晚吃了整包的洋芋片。

My friend ate a whole _____ of chips the other night.

② 我媽的手提包只裝得下她的皮夾、鑰匙、手機。

My mother's _____ is just big enough for her purse, keys and phone.

隨堂小測驗解答

① bag。a bag of sth 為「一包（袋）的固定用法」，如 a bag of apples 為一袋蘋果。

② handbag。此處為「手提包」，又能裝進下皮夾等私人物品的，故為比 purse 較大的 handbag。

250

Unit 113

★易混淆字—

plate、
saucer、tray

plate、saucer、tray 都有「盤、碟」的意思，但是

「她走下樓梯時，灑了些茶到茶托上。」

這句中文裡的「茶托」該用哪一個字？

She spilled some tea into her _____ when walking downstairs.

□ ① plate

□ ② saucer

□ ③ tray

★單字大解密

單字	音標	中文解釋
plate	[plet]	盤子、碟子
sau·cer	[ˋsɔsɚ]	淺碟、茶托
tray	[tre]	盤子、托盤

Selet Your Answer and Go to Next Page ➡

CH
9
消費景象篇

Answer 解答

「她走下樓梯時，灑了些茶到茶托上。」這句中文裡的「茶托」該用哪一個字？

答案：② saucer

解說：關鍵就在於「茶托」，saucer 是墊在小咖啡杯或小茶杯（cup）下的小盤子，又稱茶托；plate 則是一般的餐點、主餐、沙拉的盤子，通常比 saucer 還大；tray 則是托盤，用來送餐、端放食物。

★片語大進級

① **a licence plate** 牌照、車牌

② **a flying saucer** 不明飛行物（飛碟的舊稱）

③ **a tray of** 一托盤的……（飲料）

Test 【隨堂小測驗】

① 在我很餓的時候，我可以吃下三盤義大利麵。

When I'm hungry, I can eat three _____ of spaghetti.

② 服務生送了一托盤的飲品給那一家人。

The waiter served a _____ of beverages to the family.

隨堂小測驗解答

① plates。主角所要的盤子使用的是 plate，此處又為複數數 plates。

② tray。a tray of beverages 為一托盤的飲料，這裡描述服生送餐使用的托盤為 tray。

Unit 114

★易混淆字—

tasty、tasteful、delicious

tasty、tasteful、delicious 都有「美味」的意思,但是

「這間餐廳的佈置是由有名的室內設計師所設計,所以非常有品味。」

這句中文裡的「有品味」該用哪一個字?

The restaurant's decor designed by the well-known interior designer is _____.
- ☐ ① tasty
- ☐ ② tasteful
- ☐ ③ delicious

★單字大解密

單字	音標	中文解釋
tast·y	[`testɪ]	美味的、可口的
taste·ful	[`testfəl]	高雅的、有品味的
de·li·cious	[dɪ`lɪʃəs]	美味的、有趣的

Select Your Answer and Go to Next Page ➡

Answer 解答

「這間餐廳的佈置是由有名的室內設計師所設計，所以非常有品味。」這句中文裡的「有品味」該用哪一個字？

答案：② tasteful

解說：關鍵就在於「有品味」，tasteful 意指「雅緻的、高雅的、有品味的」，故形容房子或裝潢可以使用 tasteful；tasty 與 delicious 都可用來形容食物美味，tasty 則強調味覺上的美味，delicious 可以是其他感官，如嗅覺上的美味，也可作為「有趣的」意思。

★片語大進級

① **a tasty soup** 美味的湯

② **a tasteful style** 有品味的風格

③ **delicious gossip** 有趣的八卦

Test 【隨堂小測驗】

① 從咖啡店飄出美味的咖啡香氣。。

There's a _____ smell of coffee coming from the coffee shop.

② 這碗玉米湯真的很美味。

The corn soup is really _____.

NOTE

英語學習 系列 013

一次破解所有**易混淆英文單字**
：**先做題**╳**再學習**╳**後試題**的必勝三「步」曲

> 跟著超強三「步」曲，讓你每戰必勝，風靡考場！

作　　　者	吳悠／許豪◎著
顧　　　問	曾文旭
社　　　長	王毓芳
編輯統籌	耿文國、黃璽宇
主　　　編	吳靜宜、姜怡安
執行主編	李念茨
執行編輯	吳佳芬
美術編輯	王桂芳、張嘉容
封面設計	阿作
法律顧問	北辰著作權事務所　蕭雄淋律師、幸秋妙律師

初　　　版	2020年04月
出　　　版	捷徑文化出版事業有限公司——資料夾文化出版
電　　　話	（02）2752-5618
傳　　　真	（02）2752-5619

定　　　價	新台幣320元／港幣107元
產品內容	1書

總 經 銷	知遠文化事業有限公司
地　　　址	222新北市深坑區北深路3段155巷25號5樓
電　　　話	（02）2664-8800
傳　　　真	（02）2664-8801

港澳地區總經銷	和平圖書有限公司
地　　　址	香港柴灣嘉業街12號百樂門大廈17樓
電　　　話	（852）2804-6687
傳　　　真	（852）2804-6409

▶本書部分圖片由Shutterstock、freepik圖庫提供

捷徑Book站

現在就上臉書（FACEBOOK）「捷徑BOOK站」並按讚加入粉絲團，
就可享每月不定期新書資訊和粉絲專享小禮物喔！
http://www.facebook.com/royalroadbooks
讀者來函：royalroadbooks@gmail.com

國家圖書館出版品預行編目資料

一次破解所有易混淆英文單字：先做題╳再學習╳
後試題的必勝三「步」曲 / 吳悠／許豪著. -- 初版.
-- 臺北市：資料夾文化, 2020.04
面；　公分
ISBN 978-986-5507-16-9(平裝)
1. 英語　2. 詞彙
805.12　　　　　　　　　　　　　　109001293